Kurt Scharf

**Das Schwarze Buch**

**Bibliografische Information der Deutschen Nationalbibliothek:**
Die Deutsche Nationalbibliothek verzeichnet diese Publikation in der Deutschen Nationalbibliografie; detaillierte bibliografische Daten sind im Internet über www.dnb.de abrufbar.

Herstellung und Verlag: BoD – Books on Demand, Norderstedt
ISBN 978-3746-05975-4

# Das Schwarze Buch

*Heute, am 11. Januar, holte ich die Geschichten aus dem Schwarzen Buch wieder hervor. Die lagen seit drei Jahren im Hof unter der Treppe. Da war ich zehn. Ich hatte das Schwarze Buch vergraben. In eine Zellofanhülle getan.*
*Nun las ich darin.*

## Die Zeitmaschine

Es ist schon einige Zeit her, da überlegte ich an einigen Tagen öfter, daß ich doch etwas erfinden müßte. Ich dachte lange darüber nach. Schließlich kam mir die Erleuchtung und damit der Gedanke, eine funktionierende Zeitmaschine herzustellen.

Der Begriff war ja schon längst erfunden, aber noch nicht in die Praxis umgesetzt.

Es dauerte eine geraume Zeit, bis ich die Baupläne und was dazugehört zusammen hatte.

Schlaflose Stunden am laufenden Band hatte es mich gekostet.

Schließlich war das Werk vollbracht. Jedoch die entscheidende Frage war nun: Woher das Material nehmen?

Aber auch diese Aufgabe löste ich schnell. Das meiste war ja in Geschäften vorhanden.

(Dabei will ich nicht leugnen, daß ich sogar einmal mit einem Handwagen auf dem Schuttabladeplatz gewesen war, um ein fehlendes Stück, das ich dringend benötigte, zu suchen. Ich ging davon aus, daß die Menschen gut erhaltene Dinge, da sie im Überfluß vorhanden waren, wegwarfen, und daß diese, zusammen mit den unnutzbaren, auf den Schuttabladeplatz gelangten. Nun, ich fand auch was ich suchte. Mit diesen „Waren" schlich ich durch die Gassen, um nicht beobachtet und, was gefährlich werden könnte, bei meinem Tun entdeckt zu werden.)

Die Zeitmaschine – ich konnte natürlich nur hoffen, es würde eine werden – baute ich im Keller zusammen, unbehelligt von den neugierigen Menschen.

Endlich war das Gerät fertig. Es sah ziemlich seltsam aus.

Ich schob die Maschine in den Hof. Eine letzte Überprüfung bestätigte, daß die Maschine einsatzbereit war. Ich konnte mit dem Sprung über die Zeit beginnen.

Auf der Zeittafel stellte ich die Zahl 1140 ein. (Das hieß, ich wollte in die Zukunft fahren, und zwar 1140 Jahre vom heutigen Tage an gerechnet.) Nachdem das getan war, drückte ich auf den Starter, ein braunes Knöpfchen.

Ein gewaltiger Andruck preßte mich tief in den Sitz. Mir schien, als würde die Zeitmaschine losrasen. Gleichzeitig war mir aber auch, als ob sich alles an der Maschine vorbei bewegen würde – und sie selber ruhig stand.

Flüchtig konnte ich Sommer und Winter unterscheiden, die, mit der dazugehörigen Landschaft, an mir vorüberflogen.

Ich sah die Weiterentwicklung der Menschheit. Die Straßen, die ich erblickte, wurden immer besser; so hatte es jedenfalls den Anschein.

Ich befand mich einmal auf einer langgezogenen Straße, auf die, war es Winter, immerzu Schnee fiel.

Jedoch konnte ich direkt auf der Straße keinen Schnee entdecken, sie blieb weiterhin basaltfarben.

Nach kurzer Zeit schien die Zeitmaschine zu bremsen.

Richtig! Sie hielt an.

Ich befand mich in einer Stadt. Zum Zeitpunkt meiner Landung war Sommer, genauso ein Sommer wie in dem Jahr, als ich losfuhr.

Anscheinend befand ich mich auf der Hauptstraße dieser Stadt.

Zu beiden Seiten der Straße standen Häuser, zumeist dreistöckig. Von einem bis zum anderen Haus erstreckte sich ein Zwischenraum von 15 Metern, den Grünanlagen ausfüllten, soweit ich das feststellen konnte.

An den Häusern fiel mir sofort auf, daß sie zwölfeckig waren.

Dann mußte ich laut auflachen. An allen Häuserfronten und -ecken oberhalb des Erdbodens bewegten sich Menschen, die aber nicht herunterfielen.

Als ich näher herangekommen war, bemerkte ich, daß die Menschen auf Schier – das mußten welche sein – liefen.

Aber warum das im Sommer? Es lag doch kein Schnee!

Und wie kamen die Menschen die steilen Flächen hinauf?!

Als die Leute mich sahen, schauten sie mit verwunderten Blicken.

Nach langem Schweigen durchbrach endlich jemand den Bann, mit folgenden Worten:

„In was für einer Chaise fährt der denn, dieses neunte Weltwunder!"

Ich wunderte mich, denn den Begriff „Chaise" hatte ich in dieser Zeit nicht erwartet. Das kam mir irgendwie rückständig vor.

Während mir solche Gedanken im Kopf herumgingen, fragte bereits ein anderer Bürger dieser Stadt: „Was hat dieser Mensch nur für eine Bekleidung an.

Ha, ha!" lachte er.

Mir war gar nicht zum Lachen zumute.

Aber auch ich mußte dann lachen, als ich mir diese Leute sehr genau ansah.

Ringsherum um ihre Körper hatten sie Kleider, die oben am Hals begannen und unten am Knie endeten. Am Hals, kann man sagen, waren die Anzüge eng – aber je weiter es nach unten ging, desto weiter standen sie auch vom Körper ab. In der Gegend des Bauchnabels, wo das Kleid schon ziemlich weit vom Leib entfernt war, krümmte es sich und lief nach unten spitz zu. Natürlich besaß das Kleid auch Öffnungen für Arme und Beine.

Es sah, um das einmal zu veranschaulichen, wie ein Doppelkegel aus – und es schien aus ganz steifem Stoff hergestellt zu sein.

Doch als ich ein Kleid, vielmehr das Kleid mich, berührte (das war kein Wunder bei dem Gedränge, das um mich herum entstanden war), spürte ich deutlich eine wellenförmige Bewegung – sie verlief etwa so, wie man eine Stoff-Falte wegstreicht.

Ich war natürlich erpicht darauf, den Namen dieser meiner Landungsstadt zu erfahren.

Diese Frage stellte ich einem Bewohner der Stadt. Er sagte kurz und bündig: „Radigad!"

Ich war erstaunt. So ein Ort war mir schon vom Namen her unbekannt. In den Atlanten meines Jahrhunderts hatte ich ihn nicht gelesen. Demnach war das eine in jener Zeit neuerbaute Stadt, durch die ich ohne Aufenthalt gerast war. Vielleicht aber auch eine umgetaufte...

Deshalb fragte ich: „Wie hieß denn Radigad nun früher?"

„Ja, wissen Sie, seit 900 unserer Zeit heißt diese Stadt Radigad. Wie sie davor hieß, kann ich Ihnen nicht sagen. Ich weiß nur, daß der Name mit ...in endete. Oder weiß einer meiner Mitbürger zufälligerweise den früheren Namen von Radigad?"

Aber alles Volk verneinte.

Ich sah mir jetzt den Redner genauer an. Es war ein etwa 1,70 Meter hoher (wie überhaupt diese Menschen nicht sehr groß waren) Mann mit rundlichen Gesicht, in dem sich eine Hakennase ausbreitete.

Als er sprach, war mir, als ob er das in einem mir bekannten Dialekt getan hätte. Aber sicher war das eine Sinnestäuschung.

Übrigens, ich will es zugeben, kamen mir die Radigader dumm vor: wußten nicht mal den früheren Namen ihrer Stadt.

Seit 900 hieß Radigad schon Radigad!

Das kam mir äußerst merkwürdig vor.

Inzwischen sprach der Redner weiter: „Fragen Sie doch einmal unseren Bürgermeister, der muß es ja schließlich wissen, nicht wahr!" Er schaute sich antwortsuchend um, erhielt auch bejahende Zurufe von seinen Mitbürgern.

Ich erlaubte mir eine Zwischenfrage: „Warum erkundigen Sie sich denn nicht nach Radigads früherem Namen?"

„Was geht uns das denn an!" wurde mir geantwortet.

Daraufhin nahmen mich die Menschen in die Mitte, um den Vorschlag, den der Sprecher gemacht hatte, zu verwirklichen.

Sie führten mich zu einem... ja, ein Auto sollte es darstellen.

Das stand, gemeinsam mit anderen, am Straßenrand.

Die Autos sahen aus, als ob man ihnen beim Zusammenbau die Räder oben am Dach anmontiert und sie dann erst umgedreht hätte – ich meine das im Vergleich zu jetzigen Autos. Ansonsten waren sie ganz normal.

Mit einem derartigen Gefährt rasten wir durch die Straßen Radigads. Die Aufgabe des Steuerns übernahm ein Automat, der geschickt anderen Fahrzeugen auswich.

Wir fuhren direkt zum Rathaus. Das war ein „normaleckiges", sechsstöckiges, grell rotes Haus. Wie ich bereits erfahren hatte, war es das sechstgrößte Haus Radigads. (Das größte hatte 23 Stockwerke.)

Der Bürgermeister befand sich im Zimmer 51. An der Tür hing ein Schild, auf dem so etwas ähnliches wie „Sitzung" stand. (Auf diesem Gebiet, schien mir, war kein Vorsprung vor unserer Zeit zu bemerken.) Aber meine lieben Menschen scheuten sich vor nichts und klopften an.

Wenig später kam der Bürgermeister mit wütendem Gesicht heraus: „Müßt ihr mich denn in der Sitzung stören? Hat das nicht Zeit? Soll ich wegen euch den Start der Photonenrakete verschieben? Ihr wißt doch, weshalb dieser Start wichtiger als der Start anderer Photonenraketen ist, da wir Zeichen von höherer Zivilisation als auf der Erde vom Stern Teloid empfangen haben!" So begann er.

„Herr Bürgermeister, können Sie die Sitzung nicht verschieben?"

„Das hätt..."

„Schauen Sie doch mal, was wir Ihnen mitgebracht haben!" wurde er unterbrochen.

Da erblickte der Bürgermeister endlich mich.

„Das soll wohl ein Ritter aus dem Mittelalter sein. Könnt ihr denn kein Museum ungeschoren lassen!" versuchte er zu scherzen.

„Dieser Herr wollte Sie nur fragen, wie Radigad vor dem Jahr 900 hieß."

„Das wollten Sie nur wissen?" rief der Bürgermeister mir zu.

Durch die Hartnäckigkeit der Stadtbewohner war es zwecklos geworden, sich zu sträuben.

„Da können Sie auch noch mehr fragen!" fuhr er also fort.

Der Bürgermeister, er hieß wohl Kuno Rittich, führte mich in ein großes, helles Zimmer, dessen Wände mit allerlei buntem Zeug bespickt waren. Die anderen hatten sich entfernt.

„Also, dann setzen Sie sich mal", fing Kuno Rittich an. „Wann sind Sie eigentlich geboren?"

„Ich bin 1944 geboren", gab ich zur Antwort. Das stimmte zwar nicht ganz, aber in dieser langen Zeitperiode, die jetzt hinter mir lag, konnten diese paar Jahre doch keine Rolle spielen!

„Das kann gar nicht möglich sein! Wir haben jetzt das Jahr 1168, und da wollen Sie im Jahre 1944 geboren sein?!"

„Was ist denn der Ursprung der Zeitrechnung?" fragte ich.

„Das müßten Sie aber wissen. Der Tag, an dem die ersten Menschen auf dem Mars landeten, natürlich. Sie sind ja dann leider umgekommen."

„Aha, dann bin ich 33 Jahre vor der Zeitrechnung geboren!"

„Nun, Sie könnten höchstens, nach unseren neuesten Forschungen, 600 Jahre alt werden... Aber demnach sind Sie ja 2001 Jahre alt! Was haben Sie bloß in dieser Zeit getan?"

„Die Zeit von dem Jahr 8 vor der Zeitrechnung bis zum jetzigen Jahr 1168 habe ich so ähnlich wie verschlafen!"

„Dann sind Sie 25 Jahre alt, wenn wir die verschlafenen nicht mitzählen. Nun wollen wir mal mit diesem Problem aufhören. Es scheint ja geklärt zu sein!"

Dieser Meinung war ich nicht. Deshalb sagte ich: „Wissen Sie, Herr Bürgermeister, eigentlich habe ich gar nicht geschlafen."

Ich erzählte ihm mein „zeitliches" Erlebnis. Als ich am Ende angelangt war, sagte er:

„Dann haben Sie gewiß auch Fragen."

Und ob ich die hatte! (Nach den seltsamen Menschen hier fragte ich natürlich nicht!)

Die große Aufklärung kam.

Die Straßen, auf denen ich, fast zuletzt, entlangfuhr, waren aus einem Kunststoff hergestellt, der vor rund 200 Jahren erstmals verwendet wurde und alle Flüssigkeit aufsog, ohne eine Spur davon zu hinterlassen.

Die achteckigen Häuser waren eine Befriedigung für jene Leute, die sich schon immer wünschten, von verschieden schrägen Ausgangspunkten die Stadt zu besehen. Die Schrägen wurden auch zur alpinistischen Ausbildung genutzt, die Häuser mit einer neuen Farbe „bestrichen", an der die Schier haftenblieben; aber man konnte die Bretter noch bewegen und stieg das Haus an den Wänden hinauf. Dasselbe war auch mit gewöhnlichen Schuhen zu erreichen – allerdings war hier Balance notwendig.

Die „Kegel"-Kleidung war gerade modern. Das allein war aber nicht der Grund, weshalb man sie trug; einige Wissenschaftler hatten erkannt, daß enge Kleider schädigend auf den Organismus wirkten. Und wer wollte sich denn ruinieren! (Das war die Ansicht dieser Leute.) Schon immer der Traum der Menschheit: langes Leben; jetzt sollte er verwirklicht werden.

Nun zu den seltsamen Autos. Man hatte herausgefunden, daß, wenn das Auto so geändert wurde, wie ich es beschrieben habe, und sich trotz der Automaten Unfälle ereigneten, die Verletzungen und Sachschäden nicht so groß waren wie bei einem normal gebauten Gefährt.

Das waren die wichtigsten Fragen, die ich dem Bürgermeister stellte.

Da fiel es mir ein: „Beinahe hätte ich es vergessen! Wie hieß denn Radigad nun früher?"

„Seit 900 unserer Zeit heißt diese Stadt Radigad. Davor hieß sie Redin. Der Grund für die Neubenennung war wohl, daß der Name Redin altmodisch gefunden wurde."

Gewiß, ich erinnerte mich. Diesen Ort kannte ich. Natürlich hatte er sich stark verändert – aber maximal schien das nicht gewesen zu sein.

„Wie Sie ja wissen", sprach Kuno Rittich weiter, „startet in vier Tagen das dritte Photonenraumschiff, um Verbindung mit den Wesen der Wega aufzunehmen – denn aus dieser Richtung empfingen wir Peilzeichen, die darauf schließen lassen, daß höchstwahrscheinlich vernunftbegabte Wesen sie sandten."

Der Bürgermeister war wohl doch ein wenig durcheinander und zerstreut. Aber mir war es ja egal, wohin die Reise gehen sollte.

So ganz egal war es aber auch nicht. Denn soeben sagte Kuno Rittich: „Ich will Sie nun an Bord des Weltraumschiffes wissen! Deshalb telefoniere ich mit der Besatzung, die mir bestimmt ihr Einverständnis geben wird!"

Ohne mich weiter zu fragen, wählte er auf einer weißen Platte die Nummern 1463 und 1965. Er verband damit gewiß nicht den Beginn einer Entführung; es war als Einladung gemeint.

Rittich hatte sich in einen Sessel gesetzt, begann zu sprechen. Mit dem Mann am anderen Ende der Leitung. Der auf einem Bildschirm zu sehen war! Diese Sache war also vollkommen modernisiert.

Der Bürgermeister sprach von mir als einem Mann aus dem ersten Jahrhundert vor der Zeitrechnung, und horchte gleichzeitig in ein schwarzes Kästchen, aus dem die Stimme des Gesprächspartners erklang. Dann legte er das Kästchen beiseite.

„Sie haben eingewilligt! Aber bevor sie auf große Reise gehen, ziehen Sie sich erst mal ordentlich an, sonst sterben Sie uns noch zu früh in Ihren Kleidern!"

Sollte die Betonung auf „sterben" oder „uns" liegen?

Kuno und ich stiegen in ein Aerotaxi, das auf dem Dach des Rathauses bereit stand. Nach kurzem Flug landeten wir auf einem 11stöckigen Kaufhaus. Der Begriff „Kauf"haus war unpassend, da die Waren nichts kosteten.

Als wir an Ort und Stelle waren, bat mich Kuno Rittich, eine Kleidung auszusuchen.

Ich nahm ein rotes Kegelkleid. (Rot ist meine Lieblingsfarbe!)

Wir stiegen in den Lift und ließen uns ins Erdgeschoß transportieren. Wir gingen hinaus, der Bürgermeister lud mich zu einem Stadtbummel ein. Ich wollte schon ablehnen, da ich die Stadt zur Genüge kennengelernt hatte, sah aber dann doch ein, daß dies der beste Weg wäre, meinen Mitflug zu verhindern und zugleich aus dieser Epoche, die mir gar nicht gefiel, zu verschwinden.

In der Hosentasche hatte ich eine Fernlenkung, klein in ihren Ausmaßen, mit deren Hilfe man die Zeitmaschine einwandfrei steuern konnte. Die Auswirkungen waren ruckartig.

Ich drückte, ohne daß Rittich es bemerkte – wie wollte er auch darauf achten! – die Taste, die bestimmte, daß die Zeitmaschine mir folgte. Gleichzeitig drehte ich den Knopf, der bedeutete, daß die Maschine ein Magnetfeld um sich bilden und mich anziehen sollte.

Plötzlich war die Zeitmaschine da. Ich wurde so stark angezogen, daß es in dem Sitz – ich war genau auf ihn „geflogen" – wieder bedenklich knackte. Aus weiter Ferne hörte ich die Stimme Kuno Rittichs: „Wo wollen Sie hin? Ich habe Ihnen noch nicht die Stadt gezeigt!"

Wieder raste ich mit der Maschine durch die Zeit. Wieder sah ich die Entwicklung (die „fortgeschrittene") des Lebens auf unserem Planeten vor meinen Augen vorüber ziehen, aber diesmal rückwärts.

Als ich wieder zu Hause war, erzählte ich meinen Bekannten dieses Abenteuer.

Einige sagten „Hier!" – und wiesen mit dem Zeigefinger der rechten Hand auf ihre Stirn.

Doch einer sagte: „Hast du denn Beweise?"

„Natürlich!" Als ersten Beweis zeigte ich die Kegelkleidung, die ich glücklicherweise vor dem Einfluß des Zeitstroms bewahrt hatte.

Als zweiten Beweis holte ich die Zeitmaschine hervor.

An der Kleidung wurde gezweifelt.

„Die kannst du dir speziell anfertigen haben lassen!"

Auch die Zeitmaschine kam schlecht weg. Ihre Echtheit wurde in Frage gestellt.

Ich sagte, man könne ja eine Probe machen und gestattete deshalb einem, damit zu fahren. Ich erklärte ihm alles. Der Start konnte vollzogen werden.

Verwundert sahen ihn die anderen verschwinden.

Wir warteten drei Stunden. Da kam er wieder – bleich im Gesicht, jetzt noch scheinbar irgendwelche Schrecken durchlebend!

Das klärte sich auf: Er war in die ferne Vergangenheit gefahren, in die Urzeit, und hatte dort einige unliebsame Begegnungen gehabt. Er erzählte, daß er mit knapper Not aus dieser Zeit entkommen war – also gleich mir, der ich aus der Zukunft flüchtete.

Ich will noch erwähnen, daß meine Zeitmaschine später patentiert wurde. Zum Nachbau kam es allerdings nicht.

***Im Spätsommer 1964 trug ich in das Schreibbuch ein:***

*Der getarnte Dieb*

15. September 1964, nachmittags.
Plötzlich kräuselt sich eine kleine Rauchfahne über einem der Häuser der Karlstraße.

Der Rauch wird dichter und dichter.

*Da stimmt doch etwas nicht*, denke ich. Da braust auch schon die Feuerwehr heran, mit lautem „Tatü-Tata". Ich eile zum Orte des Geschehens. Oben am Dach brennt es.

Das Feuer breitet sich aus. Schon will es nach den von der Hitze klirrenden Fensterscheiben fassen, da spritzt ein Strahl Wasser dazwischen.

Mit einemmal stößt das Fenster auf und etwas, das wie ein Bär oder ein menschenähnlicher Bär aussieht, stürzt sich auf unser Sprungtuch, das wir ausgebreitet haben, um die Insassen des Hauses zu retten.

Wir können nicht einmal mehr sehen, ob es ein Bär oder ein Mensch ist, so schnell ist dieses Etwas davon.

„Nanu, ein Bär kann das nicht sein, denn wenn ein Bär so laufen könnte... das muß ein Mensch sein, der sich verkleidet hat!" rufen wir uns zu.

Wir warten noch ein Weilchen. Da aber absolut kein weiterer Mensch aus dem Fenster springen will, erhält ein Feuerwehrmann den Auftrag, die übrigen Einwohner des Hauses herauszubringen.

Es ist gut, daß nur ein Mann im Hause wohnt, Horst Müller, sonst hätten wir allzuschwere Arbeit, um die Leute, die manchmal bis zu 30 in einem einstöckigen Haus wohnen, alle zu retten.

Der Feuerwehrmann steigt die Treppe hinauf bis in das Zimmer, aus dessen Fenster vor kurzem dieser verkleidete Mensch gesprungen ist.

Dort findet er Herrn Müller gefesselt (!!!) auf seinem Stuhle sitzen. Er bindet in aller Eile Herrn Müller los und kommt mit ihm auf die Straße.

Die Feuerwehrmänner haben inzwischen das Feuer eingedämmt. Und so geht das Fragen los.

Eine Frage von diesen unzähligen Fragen ist die Frage, wie es zu dem Feuer kam.

Herr Müller antwortet auch sofort, nachdem er sich von der ersten Freude erholt hat:

„Ich saß gerade auf meinem Stuhl am Ofen, um mich zu erwärmen. Da mit einmal kam ein Bär, oder etwas das wie ein Bär aussah, durch die Tür gerast und auf mich zu. Ehe ich flüchten konnte oder schreien, hatte dieser sonderbare Bär mir einen Knebel in den Mund gesteckt und mich an den Stuhl gebunden, und den Stuhl an der Wand mit Haken befestigt.

Er suchte solange, bis er etwas gefunden hatte, was ihn wohl interessierte, nämlich meine Brieftasche mit 400 MDN und 35 Pfennig.

Hatte ich erst heute ausgezahlt bekommen.

Ich wollte schreien, konnte es aber nicht. Er verbarg das Geld unter seinem Pelz (!!!).

Auf dem Tisch lagen Streichhölzer, mit denen ich eben das Gas anstecken und mir ein Süppchen kochen wollte. Der *Bär* griff danach und setzte den Tisch in Brand. Mir weiteten sich die Augen vor Entsetzen, als ich dieses sah. Ich hörte schon die Feuerwehr kommen. In diesem Moment stürzte sich der Kerl aus dem Fenster. Ich glaube, er ist dort unten zerschellt. Dann kam ein Feuerwehrmann und erlöste mich aus dieser Qual und Angst, vom Feuer verzehrt zu werden."

Wir erzählen Herrn Müller sofort, daß dieser Bär wohl ein verkleideter Dieb sei, der sich die Bärenhaut über die Ohren gezogen habe.

Herr Müller stimmte diesem zu und sagte: „Das habe ich längst vermutet!"

Ihr fragt, ob dieser „getarnte Dieb" auch festgenommen worden sei? Aber natürlich!

3 Monate nach der Tat wurde der Täter festgenommen. Er hieß Dieter Dinse alias Fritz Kleinbauer. Er wurde verurteilt zu einer Geldstrafe von 300 MDN (Mark der Deutschen Notenbank, früher D-Mark) und einer Gefängnisstrafe von 3 Jahren und einem Jahr Bewährungsfrist.

*Der Keiler*

Es ist 6 Uhr morgens. Ich stehe auf, rekele mich zwar noch ein wenig, aber dann stehe ich doch auf, denn ich möchte nicht zu spät zur Schule kommen.

Das wären wieder 2 Minuspunkte für die 5a, in der ich ein Schüler von 38 bin.

Wir haben ohnehin schon 24 Minuspunkte auf unserem Konto und sind damit 7ter an der Schule, in der wir lernen.

Also, nichts wie raus aus den Federn!

Dann wird gegessen, gewaschen, sich angezogen und zur Schule gegangen, die auf den Meter genau 4 Kilometer von unserem Haus entfernt ist. Hoffentlich habe ich keine Hausaufgaben vergessen zu erledigen, sonst muß ich bei der 6. Klasse nachsitzen.

Die ersten beiden Stunden, nämlich Russisch und Musik, sind schnell vorbei.

In Musik haben wir so etwas wie ein kleines Konzert gemacht. Aber einmal hat mir Jürgen etwas unsanft und laut mit seiner Flöte ins Ohr geblasen. Das klang in meinen Ohren nicht sehr nach Musik!

In Russisch haben wir das männliche Sechs-Fälle-„Haus" zusammengebaut.

Die dritte Stunde aber war Biologie, kurz „Bio". Wir sprachen gerade über den Fuchs und das Wildschwein, und jeder äußerte seine Meinung oder seine Erlebnisse mit diesen beiden Tieren.

Martin sagte zu mir: „In unserer Gegend, besonders bei deinem Wohnort herum, soll es ungeheuer viel Keiler geben!" Ich erwiderte: „Dann hätte ich doch schon einen sehen müssen!"

Er aber: „Das wirst du schon noch!"

*Na, wir werden ja sehen!* dachte ich mir im Stillen.

Als wir dann um ein Uhr (eigentlich dreizehn Uhr, aber das ist so in der Sprache geläufig) nach Hause gingen, wollte ich mich ins Gras setzen und bis zehntausend zählen, denn wir hatten ja keine Hausaufgaben auf und etwas, was wichtig gewesen wäre, brauchte ich auch nicht zu erledigen, aber ich hatte meine Erfahrungen im Zählen – als ich es einmal gemacht hatte, da wurde ich verschachtet. Der Vater hatte mich eigenhändig vom Orte des Zählens abgeholt. Allerdings hatte ich mich schon davon entfernt. So ähnlich war es auch, als ich einmal meine Schritte zählte. Dieses Mal holte mich Mutter.

Es wäre also nutzlos für mich gewesen, dies alles zu machen. Also marschierte ich kräftig drauflos.

Auf einmal, nicht weit von meinem Ziel entfernt, sah ich einen Keiler ankommen. Ich sah mich blitzschnell um: weit und breit war kein Mensch zu sehen.

Doch da: ein Baum breitete seine Äste über mich. Also, schnell hinaufgeklettert.

Der Keiler war inzwischen ganz nahe an den Baum herangekommen. Ich konnte schon seine Hauer sehen, die an dem gesenkten Kopf hingen. Er ging den Baum hoch.

Als er dicht unter meinen Füßen war, so daß ich die Schuhe schon von den spitzen Hauern durchlöchert sah, und sie deswegen hochzog, rutschte er plötzlich ab!

Und das wiederholte sich noch einige Male.

Dann wurde es mir zu bunt. Ich schrie: „Hau ab, du unerhörtes Vieh!"

Doch er wurde dadurch nur verrückter und wütender. Da begriff ich, daß Schweigen am besten sei.

Ich schwieg zwei Stunden, mir wurden schon die Füße kalt, da ließ der Keiler vom Baume los und trollte sich. Er wußte, hier konnte er nichts mehr ausrichten.

Ich stieg vorsichtig vom Baume herab, schaute mich nach allen Seiten um, aber da es auf der Fläche so still wie früher war, ging ich nach Hause.

Vater wird bestimmt nicht erfreut sein, wenn ich ihm das erzähle, sondern wird sagen: „Ich hätte dem Keiler eins vor die Schnauze gegeben, daß er gleich umfällt!"

So etwas ähnliches will er auch mit dem Wolf machen.

Dieser „Wundertöter"!

Er soll nur nicht so angeben.

Damit schließe ich für heute mein Tagebuch.

*Mein Beitrag zum Wettbewerb um die beste Schülergeschichte an der Schule*

Heute morgen in der Schule. Auf dem Schulhof stehen vereinzelt Schüler zusammen.

Auf einen gehe ich zu. Ich frage ihn, ob er eine Geschichte sich bis zum Montag ausdenken wolle. Fritz Anhalt, so heißt er, stimmt mit Begeisterung zu.

Bei den anderen habe ich wechselseitigen Erfolg: einige wollen nicht unbedingt, andere sagen zu. Ich will dem allen einen Schluß machen, darum gehe ich zu Frau Merkel, unserer Literaturlehrerin.

Als der Unterricht bei ihr beginnt, sagt Frau Merkel: „Vielleicht hat es euch Horst schon gesagt: bis Montag könnt ihr eine Geschichte schreiben. Wer nicht will, braucht das ja nicht machen.

Es soll ein Wettbewerb um die beste Schülergeschichte der Schule sein." –

Heute ist nun Montag. Jeder freiwillige Geschichtenschreiber hat sich eine Geschichte ausgedacht. Frau Merkel liest sie vor. Jetzt ist sie bei meiner:

Eines Tages war ich gerade in der Stadt. Es war schon ein riskantes Unternehmen, denn von unserer Wohnstätte bis zur Stadt waren es zehn Kilometer. Hin und zurück also zwanzig. Auf dem Rückweg fuhren oft Autos und „Dreiräder" an mir vorbei. Sie fuhren dabei oft in Wasseransammlungen hinein und spritzten mich von unten bis oben voll.

Während ich über etwas nachdachte, geriet ich auf einen Weg, da war ich noch niemals entlang gegangen. Als ich auf ihm war, sank ich immerzu ein. Da wußte ich, daß ich in ein Moor geraten war. Ich kämpfte mich aber aus dem Moor hinaus und – stand vor einem breiten Graben, der mit Wasser gefüllt war. Hinüberspringen konnte ich nicht, denn ich hätte das Gegenufer verfehlt, und schwimmen konnte ich auch nicht. Hätte ich aber doch das andere Ufer durch einen mächtigen Sprung erreicht, säße ich in einer Klemme, denn dahinter war ein Moor, aus dem ich, wäre ich hineingefallen, niemals entrinnen könnte.

Darum blieb ich am Ufer.

Am Berghang kam gerade der Schäfer Babak mit seinen Schafen hinauf. Ich fragte ihn, ob er denn nicht einen Weg wüßte. Schäfer Babak verneinte. Ich ging an einer Wand, die nach Norden führte, entlang. Der Weg wurde immer schmaler. Rings um mich war Wasser.

„Das nutzt dir nichts, wenn du dort entlang gehst. Die Fremden haben das Land hier weggeschafft und einen Graben, der sich später zum Fluß weitet, angelegt. Weil sie wissen, daß die meisten aus unserem Volke nicht schwimmen können", sagte der Schäfer.

Ich ging nach Süden weiter. Mit einemmal sah ich, daß das Wasser und das Moor zuende war. Ich ging deshalb auf dem Weg mit meinem Pferd weiter... –

„Halt, wo hast du denn mit einemmal das Pferd her?" fragten mich meine Mitschüler.

„Es ist mir zugelaufen!" antwortete ich ihnen. – Frau Merkel fuhr fort:
Ich kam mit meinem Pferd an unser Haus. Ich wollte zur gewohnten Zeit an unsere Tür klopfen, sie wurde aber nicht geöffnet. Deshalb machte ich

sie auf.

Ein Labyrinth von Gängen und Türen umfing mich. Ich mußte drei Stunden suchen, ehe ich ein Zimmer fand. Als ich es öffnete, sah ich auf einem Stuhl ein steinaltes Mütterchen sitzen. Auf einem zweiten und dritten saßen jeweils eine steinalte Frau und ein ururalter Mann.

Das steinalte Mütterchen war meine Mutter, die steinalte Frau war meine Schwester und der ururalte Mann war deshalb wahrscheinlich mein Vater.

„Wo warst du denn solange, mein Sohn?" fragte meine Mutter.

„Auf einen Ritt in die Stadt", antwortete ich ihr.

Ich ging hinaus, um die neue Zeitung zu holen.

Auf dem Titelblatt war ein Mensch zu sehen, der mir bekannt vorkam.

„Das ist ja der Onkel Babak, der Schäfer!" rief ich erstaunt aus.

Wer hatte ihn nur fotografiert? In die Gegenden, wo Onkel Babak seine Schafe hinführte, kam, außer ihm selber, niemand anders hin.

*Das Rätsel kann man noch immer lösen*, dachte ich mir und ging ins Haus, wo schon ein Hühnerbraten brutzelte und angenehm roch.

Als ich in das Haus hineinkam, sah ich meinen Vater, meine Mutter und meine Schwester wieder genauso, wie sie waren und aussahen, als ich in die Stadt gegangen war.

„Na", riefen sie lachend, „haben wir dich schön angeführt? April, April!"

Ach ja, heute war ja der 1. April.

Ich verstand gar nicht, wie man im Kriege lustig sein kann, wo doch jeden Tag Bomben auf unser geknechtetes Land fielen.

Das Geheimnis um die Fotografie Onkel Babaks bekam ich nicht heraus.

Ein Jahr später, unser Land war noch immer von den Okkupanten besetzt, ging ich wieder in die Stadt. Als ich auf dem Rückweg war, kam ich an einen steilen Berg, der wie eine riesige Treppenstufe aussah.

Ich mußte auf ihn hinauf, denn sonst würde ich nicht nach Hause kommen! Ich war ein guter Bergsteiger, darum würde ich es bestimmt auch schaffen. Wenn ich nicht hochkäme, würde ich vielleicht abstürzen und mir den Hals brechen, also tot unten liegenbleiben.

Eine Wand klimmte ich hoch. Noch eine. Doch bei der letzten rutschte ich ab und stürzte mit einem gellenden Schrei in die Tiefe, wo schon die Kojoten freßlustig heulten, um ihr Opfer, welches ich war, zu verzehren...

Da wachte ich auf, war in Schweiß gebadet, förmlich ertrunken fast. Das Kissen lag auf dem Fußboden. –

Nach dem Kriege, der so viel Verheerung unter vielen Völkern angerichtet hatte, ging ich wieder zu dem Steg, von dem mir damals vor zwei Jahren der Schäfer Babak abgeraten hatte.

An der schmalsten Stelle, stellt euch das nur vor, wurde er plötzlich breiter als die breiteste Straße in der Stadt. Auf dem Weg sah ich Endrik, einen meiner Spielgefährten, vor einem Haus stehen. In dem Haus wohnte er. Als wir uns begrüßt hatten, spielten wir miteinander Schach.

Bei einem Seitenblick entdeckte ich auf dem Misthaufen eine kleine Schatulle. Sie sah aus wie die, die ich einmal Endrik zum Geburtstag geschenkt hatte. Sie hatte zum Inhalt: meine Erzählungen.

Ich ließ deshalb das Spiel im Stich und rannte zum Misthaufen, währenddessen Endrik rief: „Wo willst du hin, du bist dran, am Zug!"

„Komm doch einmal her, Endrik!" rief ich. Ich hatte die Schatulle aufgehoben.

Sie klemmte, aber durch das Glas sah ich Blätter. Na klar, das waren meine Erzählungen!

Ich zerschlug das Glas und die Blätter quollen hervor.

Ich sagte zu Endrik, der inzwischen näher gekommen war: „Was ist denn mit meinen Erzählungen geschehen?"

Er entgegnete: „Du weißt doch, mein Vater trinkt Schnaps. Dann ist er oft betrunken, und in so einem Rausch warf er die Schatulle auf den Hof. Sie wäre kaputtgegangen, wenn ich nicht zufällig unterm Fenster entlang gekommen wäre und sie aufgefangen hätte. Seitdem hat mein Vater eine sinnlose Wut auf die Schatulle und ich muß sie vor ihm verstecken."

„Ach, so ist das!"

Nach diesem Zwischenfall gingen wir beide, Endrik und ich, durch den Garten.

Aus einem Fenster hörte man das Geschrei von Endriks Vater.

„Er betet wieder", sagte Endrik ironisch.

Da stürzte aus dem Haus sein Vater. In der Hand hielt er sein Jagdgewehr, das mit Schrot geladen war. Er schoß auf uns. Doch konnte er uns nicht treffen.

Ich raste mit Endrik davon. Als wir außer Schußweite waren, hielten wir an.

„Wohin nun?" fragte ich Endrik, der mit glühenden Augen dastand.

„Jedenfalls nicht mehr nach Hause!" sagte er ernst.

So wanderten wir denn in die Welt hinaus.

Durch viele Länder kamen wir. In einem Land hatte der Herrscher befohlen, alle Leute, die in seinem Lande wohnten, sollten durch Soldaten herbeigeholt und in Kerker gesperrt werden.

Denn er wollte nur sich mit seinen Soldaten, die er zum Überfallen anderer Länder brauchte, im Reich, das er so schändlich regierte, wissen.

Das wußten wir beide, Endrik und ich, nicht und gingen blindlings in die Gefahr.

Uns fingen zwei Soldaten und wir konnten uns ihren eisernen und geübten Griffen nicht entwinden. Und als wir dann im Kerker waren, bestand für uns kein noch so kleines Fünkchen Hoffnung mehr.

Da entdeckten wir in der Wand ein Loch, das wohl von einem früheren Bewohner dieser Zelle im Todeskampf mit den Fingernägeln ausgekratzt worden war.

Wir verbreiterten das Loch schnell und krochen einer hinter dem anderen ins Freie.

Nach einer halben Stunde sollte uns ein weiterer Trupp folgen.

Aber auch draußen in der „Freiheit" mußten wir uns vorsehen. Die Scheinwerfer glitten über das Gebäude und deren Vorplatz, auf dem wir uns befanden, und wenn wir von einem Lichtstrahl entdeckt worden wären, wären wir in Einzelzellen gekommen und man würde uns mit Giftgas behandelt haben.

Dieses Unheil passierte Endrik.

Aber ebensogut hätte es auch mich treffen können.

Ich floh. Einige Soldaten waren mir schon auf der Fährte.

In einem Kornfeld versteckte ich mich.

In zwei Stunden wird Gas über das Land geleitet. In dieser Zeit mußte ich davon sein. Die Soldaten hatten Atemmasken, in denen ihnen nichts geschehen konnte.

Ich schaffte es. Jetzt lebe ich in einer Republik. –

Damit endet mein Beitrag zum Wettbewerb um die beste Schülergeschichte.

Ich hätte ebensogut ein paar Gespenstergeschichten zum besten geben können. Aber das vielleicht ein andermal. –

Frau Merkel hatte geendet. Sie fragte, welchen Platz ich im Wettbewerb bekommen sollte. Alle schrien: den ersten, den ersten!

Dies entschied auch die Jury. Also bekam ich den ersten Platz im Wettbewerb um die beste Schülergeschichte der Schule.

Zweiter wurde Fritz. Seine Erzählung kann er euch ja einmal erzählen.

Dritter wurde schließlich Felix Müller, ein Schüler der 10. Klasse.

Damit schließe ich die Akte „Wettbewerb um die beste Schülergeschichte an der Oberschule II".

**Einen solchen Wettbewerb hat es nie gegeben.**

*Die Professoren*

Eines Tages, an das genaue Datum (es muß 1964 gewesen sein) kann ich mich nicht erinnern, ging ich zum Bahnhof.

Auf dem Weg dorthin steht ein Glaskasten. In ihm sind Auslagen. Diese zu betrachten, gehört zu meinen Gewohnheiten. Auch heute hatte ich es nicht eilig und sah zum Glaskasten hinüber. Es befand sich etwas Neues darin. Ich ging also näher heran. Aber interessant war es auch nicht und ich wollte schon weitergehen, als ich merkte, daß es eigenartigerweise plötzlich so düster wurde und ein Schatten, riesig, sich im Glas spiegelte. Sein verdünntes Ende neigte sich zu mir...

Ich drehte mich um. Was meine Augen jetzt sahen, ließ mich erstarren und hilflos werden: vor mir ragte ein gewaltiger Koloß, ein riesiges Tier, in die Höhe. Es ähnelte halb einem Plesiosaurier und halb einem Creodontier. Seine kleinen Äuglein, die winzig waren, verschwindend gering im Vergleich zu seinem Seeschlangen-Hals, blickten mich verwundert an. Ein Fünkchen Geistesgegenwärtigkeit war jedoch in mir verblieben und begann sich zu regen. Krampfhaft, als suchte ich einen Ausweg aus dieser, wie es schien hoffnungslosen Lage, durchwühlte ich meine Hosentaschen. Ich fand – ein banales Ding, einen Zuckerwürfel.

Ich weiß nicht, was mich dazu getrieben hatte, jedenfalls warf ich dem Tier den Würfel vor die Füße und erschauerte gleichzeitig, wußte ich doch nicht was jetzt folgen würde.

Das „Fabeltier" zögerte, es hatte noch nie in seinem kurzen Leben, das sah man an dem noch nicht vollständig „ausgewachsenen" Kopf, einen Zuckerwürfel gesehen.

Doch dann beugte es seinen Hals, streckte eine lange Zunge heraus und fraß das Zuckerwürfelchen. Diese Zeit nützte ich aus und stürzte in wilder Hast davon.

Mir kann nicht der Vorwurf gemacht werden, ich wäre da ein Feigling gewesen. Jeder andere hätte genauso gehandelt und die Flucht ergriffen.

Verständlich auch, daß ich vergaß, mich darüber zu wundern wo und wie dieses Ungetüm so plötzlich herkam.

Ich raste in 6,9 Sekunden durch die Strecke von 160 Metern.

Das dürfte unverständlich sein. – Bei diesem Lauf schaltete ich das Nervensystem „ab". Nur der Körper war in Bewegung. Nun war ich durch nichts mehr gehemmt; denn bei einem langen Lauf bremst nicht der Körper das hohe Anfangstempo, sondern die Nerven und die Angst.

Mit dieser Zeit brach ich natürlich alle Rekorde, die ich in meiner Stadt erlaufen hatte.

Doch zurück zum „Fabeltier".

Ich sah, als ich mich während meines „Überschall-Laufes" einmal umblickte, daß das Tier 4 Dutzendmal länger brauchte als ich, nämlich 120 Sekunden, um den Zuckerwürfel zu zerkauen. Also hatte ich, da ich bekanntlich mit gleichbleibendem Tempo lief, als diese Mischung aus Plesiosaurier und Creodontier die Nahrung „verschlungen" hatte, einen Vorsprung von 3228 Metern.

Als es, wie gesagt, den Zuckerwürfel gefressen hatte, raste es „aus dem

Stand" mit einer Geschwindigkeit hinter mir her, die ich mir bei diesem plumpen Tier gar nicht vorstellen mochte. In 3,45 Sekunden durchmaß es die 160 Meter.

Ich wollte ursprünglich nach Hause rennen, aber ich sah ein, daß das Tier mich bis dahin einholen würde, und dann konnte vieles geschehen.

Die Straße, in der ich lief, war sehr lang. Am Ende, nein, in der Mitte, steht ein Professorenhaus, in dem, wie schon aus dem Namen hervorgeht, gelehrte Leute mit ihren Familien wohnen.

Dort angelangt, stoppte ich ruckartig und sah, daß die Haustür offen stand. Ich eilte in das Haus und schlug die Tür hinter mir zu.

Im Flur befand sich gerade eine Frau. Dieser erzählte ich in wenigen Worten mein Erlebnis. Sie hörte sich das alles an, öffnete dann eine Tür und bat mich, einzutreten.

Das tat ich.

An einem runden Tisch waren mehrere Männer versammelt: die Professoren.

Nachdem ich mich gesetzt hatte, nötigten mich die Gelehrten, die ganze Sache noch einmal ausführlich zu erzählen. Als das erledigt war, sagte ein Herr – er hieß Kambrium – daß das sofort erforscht werden müsse, und wenn man bis ans Ende der Welt, welches es ja nicht gäbe, wandern würde.

Professor Tertiär und die anderen stimmten dem zu, obwohl Herr Tertiär sagte: „Bis zum Ende der Welt brauchen wir wohl nicht zu gehen, denn unser Freund Herbert Rasch hat ja diese merkwürdigen Tiere ganz in der

Nähe gesehen!"

Man war mit Eifer bei der Sache.

So wurde denn eine kleine Expedition ausgerüstet, um das Geheimnis, das die „Fabeltiere" umgab, zu lüften. Ich durfte natürlich, da ich der Entdecker war, als Ehrengast an der Expedition teilnehmen.

Nach einer abschließenden Beratung gingen wir auf die Straße. Das Untier, das mich verfolgt hatte oder mir nur nachgelaufen war (auch das war möglich), hatte sich indessen verzogen.

Und gerade das war unsere Aufgabe – den Ort, an dem es sich versteckt hielt, aufzufinden.

Wir folgten den Spuren. Bald verloren sie sich.

Wir befanden uns auf einer Wiese, vor einem Zaun, von dem man nur wußte, daß er vor langer Zeit errichtet wurde.

Welchem Zweck er dienen sollte, war unbekannt.

Wir untersuchten jeden Fleck, um eventuell doch noch die Fährte wiederzufinden.

Plötzlich zuckte ich zusammen. Hinter dem Zaun bewegten sich, deutlich sichtbar, große Tiere. Ich sah zwar nur ihre Schatten, wußte aber gleich, woran ich war.

Sofort teilte ich Professor Silur meine Entdeckung mit. Er stand am nächsten zu mir.

Nun kamen auch die anderen heran und sahen die großen Schatten.

„Nicht so nahe an den Zaun gehen!" flüsterte Professor Kambrium, damit eine Vorsichtsmaßnahme anordnend – noch konnten wir ja nicht wissen, wie gefährlich die Tiere waren.

Ich schlich geduckt zum Zaun, obwohl meine Gefährten mich zurückhalten wollten.

Trotz der Angst, die sich meiner bemächtigte, als ich durch Lücken des Bretterzaunes die „Fabeltiere", wie ich sie nun allgemein nannte, so nahe sah, wagte ich es, mich am Zaun hochzuziehen und einen kurzen Blick hinüber zu werfen.

Ein Vertreter dieser Mischrasse hatte mich schon entdeckt. Er faßte mit den Zähnen nach meiner Jacke. Ich schüttelte ihn jedoch mit einem Ruck ab. Dabei fiel ich vom Zaun auf die Erde.

Professor Jura erklärte, nachdem er meine Abwehr gesehen hatte: „Die Dichte ihrer Zähne ist gleich 0,4. Also relativ schwache Zähne besitzen sie; die Dichte unserer Zähne ist nämlich, was ja jedes kleine Kind weiß, 1,0. Ich nehme an, daß alle Zähne, egal ob sie jungen oder alten, männlichen oder weiblichen Tieren gehören, gleich stark sind: 0,4."

Verblüffend, wie er, auf einer einzigen Tatsache basierend, solch, obzwar kleinen, wissenschaftlichen Vortrag hielt.

Professor Kreide, der die ganze Zeit über noch nichts gesagt hatte, ergriff jetzt das Wort:

„Kommen Sie einmal mit."

Er führte uns zu einem alten Häuschen, das nahe am Einstürzen war. Wir hatten es vorhin nicht weiter beachtet.

„Hier liegt der Schlüssel des Geheimnisses", sagte Professor Kreide und betrat das Haus durch eine angelehnte Tür. Wir folgten ihm.

In der Mitte der Wohnung befand sich, auf dem Fußboden, ein Loch – etwa zwei Meter breit. Wir fragten verblüfft, wie das zustande gekommen wäre, und traten näher an das Rätsel heran. Es war, wenn man in das Loch blickte, kein Grund zu sehen.

„Vorsichtig, sonst könnte Ihnen in etwa dasselbe passieren wie vor neunzig Jahren einem anderen!"

Er berichtete dessen Geschichte:

„Als hier ein Mann, an seinen Namen kann ich mich nicht mehr erinnern, einzog, geschah, als er gerade die Sachen, sein Besitztum in einen Schrank räumen wollte, Folgendes: Er rutschte auf dem glatten Fußboden aus.

Zum Aufstehen kam er nicht mehr, denn plötzlich knackte es unter ihm; im gleichen Moment wurde er hochgeschleudert. Dieses Loch hatte sich bereits gebildet. Er fiel, ohne das abwenden zu können, in einen riesigen Hohlraum. Er würde seinen Hals gebrochen haben, wenn nicht sanft ein Etwas seinen Fall gestoppt hätte – es fühlte sich weich an. Das erschreckte ihn mehr als sein Fallen!

Die Augen, die er bis dahin geschlossen hielt, öffnete er jetzt.

*Was ist das!* schrie er ängstlich. Nämlich, er sah diese eigenartigen Tiere, denen wir soeben begegnet sind.

Eines hatte ihn gefaßt.

*Wir sind deine Vorfahren, Mensch*, erklang die Stimme eines anderen Tieres in menschlicher Sprache! Wie das zustande kam, erfahren Sie noch. Der Hausinhaber stöhnte fast, als er sagte: *Das ist ein furchtbarer Traum!*

*Ich will aufwachen!* Währenddessen hob ihn das Tier allmählich höher.

*Du träumst nicht, Mensch*, erwiderten die Fabeltiere.

*Was hat es mit euch auf sich*, fragte, nun schon mutiger, der Mann.

*Das sollst du erfahren, Men...*

*Nennt mich nicht Mensch!*

*Es ist gut*, sagten sie. *Wir sind also die Vorfahren des jetzt die Welt beherrschenden, höchst entwickelten Wesens. DAMALS beherrschten wir die Welt. Es gab viele Tiere, heute längst ausgestorben. Nur wir haben uns, durch den Bau von Erdtunneln, erhalten.*

*Heute ist einer von uns gegen die Decke gestoßen. Ihr seid herabgefallen. Wundert Euch nicht über unsere Sprache – wir haben lange genug Zeit gehabt, sie zu lernen und zu beherrschen. Wenn Ihr Euch dafür interessiert: Unsere Erben und Nachfolger in wohl hundert Jahren werden nicht mehr unter der Erde leben. Oben wird ihr nicht sehr verstecktes Reich sein. Eure Sprache wird ihnen nicht mehr vertraut sein. Unsere Enkel werden sogar manchmal eure Häuser zerstören...*

Der Hausinhaber erbat sich, umgedreht zu werden, da ihm das Blut zu Kopf stieg.

Der Wunsch wurde ihm erfüllt, der Mann kam in normale Lage.

Die Fabeltiere erzählten weiter: *Ihr, die Menschheit, werdet noch zwei Milliarden Jahre existieren. Eure Welt wird mithin genauso lange bestehen wie unsere.*

*Der Untergang unserer Epoche wurde heraufbeschworen, als die Tiere begannen, sich gegenseitig zu vernichten. Dann entwickelte sich wieder*

*Leben. Ihr seid das Haupt dieses Lebens, die führende Kraft.*
*In diesem Gebiet der Erde konnten wir uns erhalten. Doch wenn die*
*Menschheit ausstirbt, werden auch wir sterben.*
*Viele der Menschen werden, in dieser Stadt, ein großes Tor durchschreiten.*
*Hinter dem Tor werden sie die Unsterblichkeit finden. Ebenfalls solange*
*währt sie, bis die Nachfolger der Menschen aussterben. Nun weißt du*
*alles! Jedoch eine Warnung sei dir mitgegeben: Hütet euch vor dem Tor!"*
Professor Kreide beschloß seine Rede mit einer Geste.

Unruhe war aufgekommen. Dieselbe wie für Jenen, den Mann vor neunzig
Jahren.

Kreide hatte gleichgültig gesprochen, nur um etwas mitzuteilen.

(Die Forscher sind Menschen, die ein Problem erfassen, es unvollendet
beiseitewerfen und sich mit dem nächsten beschäftigen.)

Nun war es schon dunkel, und es wurde Zeit zurück zu gehen.

Wir wandten uns von dieser Stelle ab. Die Professoren fragten mich, ob ich
nicht für eine Nacht bei ihnen zu Gast sein wolle. Natürlich wollte ich.

Angelangt, aßen wir dann Abendbrot. Wie Professor Jura verkündete, war
darin das halbe Alphabet an Vitaminen enthalten. Es gab viel Gemüse –
und viel Fleisch!

Das Rezept der Soße war mir unbekannt. Hatte wahrscheinlich der Biologe
Lias erfunden.

Genug von der Ernährungswissenschaft!

Der Gang ins Bett war nicht fern... Da fiel mir ein: Hallo, was denken
deine Eltern? Vermutlich fragten sie sich, wo ich sei.

Und da war allerhand denkbar und möglich.

Professor Tertiär, den ich damit bedrängte, entgegnete ruhig: „Du brauchst dir keine Sorgen zu machen, wir werden sie gleich benachrichtigen!"

„Wie wollt ihr das machen?" fragte ich neugierig. (Telefon hatten wir doch gar nicht. Und extra hinfahren?)

„Deine Eltern haben einen Fernseher..."

„Ja. Aber woher wissen Sie das?"

„Ich habe – dort hinten steht es – ein Gerät; das ermittelt so etwas...." Aufgrund besserer, besonderer Wellenwirkung (dachte ich bei mir)!

„... und außerdem war kürzlich erst Fernsehgerätezählung."

„Ich Dummkopf!"

„Wer wird sich denn gleich einen Dummkopf nennen, man kann nicht alles auf einmal wissen! Zehn Sekunden nur stehen dem Menschen im Kurzzeitgedächtnis zur Verfügung, um etwas abzuspeichern; und auch das Langzeitgedächtnis vermag nicht immer, alles im richtigen Moment auszupacken... Dort, das zweite Gerät rechts, wirkt – auf die Sendewellen bezogen – ablenkend, läßt im Fernseher (sieh auf den Monitor!) meinen Kopf und meine Stimme erscheinen."

„Sie wissen ja gar nicht, ob zuhaus der Fernseher an ist!"

„Er ist an – sonst würde der Monitor kein Bild zeigen." Professor Tertiär war nicht zu schlagen. Umsonst hatte er keinen akademischen Grad erhalten!

Unterdessen richtete mein Professor bereits aus, daß ich hier zu Besuch sei.

Keine Sorgen machen; bis morgen...

Jetzt war ich doch ganz schön müde!

Ich schlief. Ein unruhiger Traum begann auf mich zu wirken. Nach mehreren sich überlappenden Traumbildern, raste da plötzlich ein riesiges, gefährliches Monstrum hinter mir her. Das kam mit jedem Augenblick näher. Als ein Krachen ertönte, hielt ich es nicht mehr aus: Ich sprang hoch, noch immer schlafend, lief wohl in der Stube hin und her, fand mich an der Tür wieder – dort war ich erwacht, als ich gerade in größter Gefahr war, nämlich meinen Kopf an der Türklinke einzurennen!

Wie ich dann feststellte, war die allerdings mit Schaumgummi überzogen...

Ich ging in die Küche. Schweigend empfingen mich die Professoren.

Professor Kambrium deutete auf das Fenster, zur Straße hin.

Mir fiel zuerst nichts auf. Doch dann verstand ich.

Hinausgegangen, sah ich das Schrecklichste! Die gesamte Häuserreihe, links vom Professorenhaus, lag in Trümmern. Die Menschen...

Wer vermag es zu schildern!

Das Professorenhaus hatte verdammt viel Glück gehabt – nur die Regenrinne war abgefallen, lag auf dem Erdboden.

Ich mußte an die Prophezeiung der alten Fabeltiere denken. Sie hatte sich vollzogen. In nicht geringem Maße. Was würde noch folgen?

Ich blickte die Straße entlang, und sah: die letzten Fabeltiere, die sich dort entfernten.

Die Gedanken bestürmten mich. Ich müßte doch das ewige, obzwar relative, Leben ausprobieren und erkunden!

**Die Geschichte bricht hier ab; auf der nächsten Seite befindet sich:**

*Manacki-Nira  (übertragen aus dem Bambutischen)*

Dies ist Manacki-Nira. Er ist Neger. Ich versuchte einmal, ihn abzuzeichnen.
Entschuldigt bitte, daß er nicht gerade formschön aussieht.
Natürlich hat er nicht so kurze Beine. Aber annähernd, annähernd sieht Manacki-Nira so aus.
Entschuldigt bitte nochmals! Doch ihr müßt wissen: ich kann nicht sehr gut zeichnen.
Manacki-Nira sieht man an und denkt: „Was kann dieser Mann schon sein?! Bestimmt nichts Wichtiges und Bewundernswertes hat dieser Mensch vollbracht!“
Aber wie kann man sich täuschen!
Manacki-Nira – oder Manni, wie man ihn auch nennt – hat bestimmt schon mehr Beachtenswertes vollbracht als mancher Weiße.
Manni erkennt man an folgenden Merkmalen: an der Hand des rechten Armes fehlt ihm der Daumen – ihn hat er verloren, als er mit einem jungen Kraken kämpfte. Trotz seines noch jungen Alters riß der Krake Manni noch den Daumen ab, bevor Manni seinerseits sich losriß.
Ihr könnt euch gar nicht vorstellen, welche Schmerzen Manni litt.
Aber der Daumen war weg.
Künstliche Daumen, wie sie die Weißen herstellen, können wir nun einmal

nicht machen.

Am Kopf fehlt Manni das linke Ohr. Er hat es im Kampf mit einem Haifisch – dem Beherrscher der Tiefen, wie die Weißen sagen – verloren.

Es ist ein Wunder, daß Manacki-Nira nicht dabei getötet worden ist.

Manni trägt immer ein rotes Hemd, eine weiße kurze Hose und gelbe Schuhe, dazu graue Strümpfe.

Ihr werdet nun erraten haben, welchen „Beruf" (wie die Weißen sagen) er ausübt: Fischer.

Nun will ich noch schnell sagen, aus welchem Land er ist (und ich natürlich auch, denn wir waren Nachbarn): wir sind aus Pasnarei, die Weißen nennen es Bambuti.

Aus einem seiner zahlreichen Fischzüge sollte Manni nicht mehr zurückkehren...

Es war eine Tragödie, würden die Weißen sagen.

Ich muß davon berichten. Das bin ich Manacki-Nira schuldig.

Es war an einem regenreichen Tag.

Die Fischer fuhren trotzdem aufs Meer, um Fische – unsere Hauptnahrung – und andere Leckerbissen, wie zum Beispiel schwimmende Schildkröten, zu fangen und sie dann Zuhause aufzutischen.

Mit den Fischern fuhr natürlich Manni, der sich vor nichts scheute.

Aber er entfernte sich zusehends von seinen Kameraden. Schließlich befand er sich allein auf der großen See.

Wenn mehrere Fischer gemeinsam ausfahren und zusammen bleiben, können sie die Gefahren der See besser bestehen als ein Einzelner.

Daher auch lauerten die Gefahren Manacki-Nira auf.

Einmal war plötzlich ein Wasserwirbel zu sehen, den Manni von früher her gar nicht kannte. Er konnte nur um Haaresbreite (wie die Weißen sagen) dem Abgrund entweichen...

Nun fuhr er in die Delphin-Bucht ein. Die wurde so benannt, weil in dieser Einbuchtung ungeheuer viel Delphine lebten. Hier gab es auch viele Fische. Deswegen war Manacki-Nira ja in die Delphin-Bucht gefahren.

Er hätte es lieber nicht tun sollen.

Manni warf die Netze aus. Schon nach wenigen Minuten ruckte es darin und das Boot wurde schwer.

Manacki-Nira, überrascht durch den schnellen Fang, versuchte das Netz hochzuziehen.

Nach großer Kraftanstrengung hievte er die schwere Beute ins Boot.

Der Fang erwies sich als eine Ansammlung von zwei Delphinen.

Wild schleuderten sich die Tiere im Boot herum, schon schien es ihnen zu glücken, zu entkommen, denn Manacki-Nira konnte immer nur einen von den Delphinen hindern, ins Wasser zu springen.

Doch da durchschnitten die Rückenfinnen zweier Haie die Oberfläche der Delphin-Bucht.

Wie auf Kommando schwammen sie herbei. Mit einemmal befanden sie sich dicht neben dem Boot des Fischers Manacki-Nira.

Zuvor war es aber noch dem einen, wesentlich älteren Delphin gelungen, aus dem Boot zu entweichen und sich davonzumachen. Nun befanden sich im Boot nur noch der junge Delphin und der zu Tode erschrockene Fischer.

Jetzt flüchtete auch der junge Delphin. Doch hatte er nicht mit dem Hai gerechnet.

Dieser schnitt ihm den Weg zum offenen Meer ab und jagte dann heran. Der Delphin wich aus, aber nicht schnell genug. Und schon hatte ihn der Hai am Kragen.

Es begann ein spannender Kampf, bei dem keiner der Gegner einen Fußbreit Boden aufgab (wie die Weißen sagen).

Doch da beging der junge Delphin eine Unvorsichtigkeit. Sie war zwar gering, wurde aber von dem Hai kaltblütig ausgenutzt.

Wenig später schwamm eine Delphinleiche im Wasser. Lotsenfische und Schiffshalter, die Begleiter der Haie, scharten sich um sie. Der Hai aber hatte anscheinend keinen augenblicklichen Geschmack an Delphinfleisch.

Inzwischen hatte sich zwischen dem anderen Hai und dem Fischer Manacki-Nira ein ähnlicher Kampf abgewickelt (wie die Weißen sagen). Nach einem plötzlichen Sprung hatte sich der Hai in Mannis Jacke verbissen und trotz größter Gegenwehr Manacki-Niras denselben aus dem Boot ins Wasser gezerrt.

Das Ergebnis des Kampfes war nach wenigen Minuten perfekt.

Der Hai war lebendig, aber der Fischer tot. Der Hai hatte Manacki-Nira die Halsschlagader durchbissen.

Wieder einmal war im Kampf Mensch gegen Hai der Hai Sieger geblieben. Wie die Weißen sagen.

## Die unvollendete Entdeckung

Ich habe heute Geburtstag.

Und bekam natürlich einige Glückwunschkarten.

Wie gewöhnlich beachtete ich sie nicht weiter, da der Inhalt ja nicht wichtig war und sich jedes Jahr wiederholte. Ich legte die Karten also auf den Tisch und warf noch einen letzten Blick darauf. Dabei entdeckte ich, daß die zuoberst liegende Karte keineswegs den unteren entsprach. Es war ein Telegramm.

Ein Blick auf den Absender sagte mir, daß es von einem gewissen Alfons Liechtenstein abgesandt worden war. Zuerst sagte mir der Name gar nichts. Dann jedoch erinnerte ich mich: mit diesem Alfons war ich in vergangenen Zeiten gemeinsam zur Schule gegangen.

Er war nicht gerade der Klassenbeste gewesen.

Ich glaube, ohne damit angeben zu wollen, daß ich ihm stets um Einiges voraus war.

Der Inhalt des Telegramms: „Seien Sie am 14.6., 13 Uhr, in Bleichau. Überraschung wartet!“

Es wird wohl verständlich sein, daß ich mich sofort auf den Weg machte.

Als ich gen Bleichau fuhr, konnte ich es kaum erwarten anzukommen.

Nachdem ich angelangt war, wußte ich anfangs nicht, wohin eigentlich ich mich nun wenden sollte. Vielleicht erwartete Alfons Liechtenstein mich in irgendeiner öffentlichen Einrichtung, oder auch bei sich zu Hause in der Hauptstraße 17.

Ich verließ mich auf meinen Spürsinn und ging zu der Wohnung, in der bekanntlich eine Überraschung auf mich wartete. Da ich noch etwas Zeit bis zum verabredeten Termin hatte, brauchte ich mich nicht zu beeilen. Langsam ging ich durch die etwas schiefe Hauptstraße. Die Nr. 17 war ein zweistöckiges Gebäude. Ich betrat es. Ein Türschild im Parterre verriet, daß dort Alfons Liechtenstein wohnte.

Bevor ich aber anklopfte, eine Klingel konnte ich nicht finden, hörte ich vom Zimmer her zwei laute Stimmen. „Wann kommt er denn nnu?" sagte jemand erregt.

Es war mir klar, daß man mich meinte. Unwillkürlich sah ich auf die Uhr und mußte feststellen, daß ich zu langsam gegangen war, mich um fünf Minuten verspätet hatte.

Inzwischen entgegnete dem unruhigen Herrn ein anderer Mann: „Er wird schon noch kommen." Er sagte das ganz ruhig, als ob er wissen würde, daß auf mich Verlaß ist.

Gleichsam diese Antwort unterstreichend und in die Tat umsetzend, klopfte ich an und trat ein, nachdem ich dazu aufgefordert wurde.

„Na, was habe ich gesagt, da ist er!" rief mir ein Mann entgegen, den ich sofort als Alfons Liechtenstein erkannte.

„Endlich", sagte der andere, der mir eigenartigerweise bekannt vorkam; schon im Korridor war ich auf seine Stimme aufmerksam geworden.

Nach der Begrüßung übernahm Alfons die Vorstellung des mir namentlich (inzwischen hatte sich in mir die Ahnung gefestigt, der Fremde sei mir sehr bekannt) noch Unbekannten. Gleichzeitig stellte er mich dem anderen vor; dieser kannte mich also noch nicht. Alfons spielte den Heimlichtuer und sagte, dabei auf mich weisend: „Das ist Herbert Rasch!"

Der andere machte plötzlich ein sehr erstauntes Gesicht.

Er sagte: „Wie bitte? Dann hei...‟

Alfons unterbrach hastig diese Rede und sprach weiter: „Das ist ebenfalls ein Herbert Rasch!" Ich war nicht weniger verblüfft als mein Namensvetter vorhin.

Spaßeshalber fragte ich, ob er auch aus der Stadt, in der ich wohnte, käme.

„Jaah" antwortete Rasch gedehnt.

Um dem Ganzen die Krone aufzusetzen, fuhr ich fort zu fragen: „Vielleicht auch noch in meiner Straße?" Ich nannte deren Namen.

„Genau!" war die knappe Antwort Raschs.

„Deswegen kamen Sie mir auch so bekannt vor", sagte ich.

„Gewiß, da wir in einer Straße wohnen, können wir uns schon oft gesehen haben...‟

Alfons griff in unser Gespräch ein: „Das war die Überraschung, die einem Zufall entsprang!" Zu mir gewandt, sagte er: „Du bist nun unser Gast, aber nicht nur das, sondern auch Expeditionsteilnehmer!"

Nachdem er auf die Uhr gesehen hatte: „Nun müssen wir aber los! Sonst kommt unsere Expedition nie zustande. Unser gemietetes Raketenflugzeug fliegt in 15 Minuten, laut unserem Plan. Und den müssen wir einhalten!"

Oho, Alfons wollte ja hoch hinaus!

Aber was für eine Expedition sollte das sein?

Alfons lächelte, als ich die Frage stellte, und sagte: „Ach, das habe ich ja fast vergessen! Unsere Expedition ist eine Forschungsexpedition."

„Genauer! Das sind sie schließlich alle."

Alfons antwortete: „Es ist eine ganz bestimmte Forschungsexpedition!"
Ich musste mich geschlagen geben.

„Wir wollen... Na, sieh doch mal auf die Landkarte." Alfons ließ sich
plötzlich Zeit.

„Dort sind ein paar weiße Flecken, nicht wahr? Was bedeuten sie?"

„Nichts leichter als das. Diese weißen Flecken veranschaulichen in ihrer
Farblosigkeit unerforschte Gebiete der Erde, auf denen, konkret gesagt,
noch kein Mensch seinen Aufenthalt hatte, sie also auch nicht erforschen
konnte", holte ich weitschweifig aus.

„Jetzt, zugegeben, kann ein solches Gebiet bereits erforscht sein. Aber
nicht vor zwei Wochen, als diese Landkarte gedruckt wurde. Hier, riech
mal!" Und er hielt mir die Karte vor die Nase. Tatsächlich, das Ding roch
verteufelt stark nach Kleister und frischen Farben.

„Aber kommen wir auf den Kern der Sache zurück. Natürlich willst du
wissen, wohin die Reise gehen soll..."

Ich nickte.

„Wir wollen einen dieser weißen Flecken erforschen!"

Er zeigte ihn auf der Landkarte.

„Nun, wenn du nicht magst, brauchst du ja nicht an dieser Expedition
teilzunehmen. Das aber wäre schade. Nun, willst du mit?"

„Aber gewiß!" antwortete ich. Der Reiz des Abenteuers hatte mich
umfangen.

Das Raketenflugzeug, eine völlig neuartige Konstruktion, barg für mich einige Geheimnisse.

Als wir dann darin saßen, mit Herbert am Steuerknüppel, war mir schon wohler, denn ich liebe keine langen Gespräche.

Doch einmal entspann sich zwischen Herbert und mir ein Streit. Die Ursache will ich lieber nicht nennen.

Alfons riet uns, mit dem Streiten aufzuhören. Er sagte: „Herbert kann das Steuer loslassen, und dann werden wir wohl oder übel abstürzen. Bis ich ans Steuer komme" – er saß weiter hinten – „sind wir längst abgestürzt."

Wir waren viel zu hitzig, als daß wir auf Alfons gehört hätten.

Herbert nahm seine Hände zuhilfe, um zu demonstrieren, daß ich unrecht hätte.

Das Loslassen des Steuerknüppels führte jedoch den Sturzflug, den beschleunigten Sturzflug herbei.

Herbert Rasch besann sich. Er packte den Steuerknüppel, aber leider zu spät. Das Flugzeug streifte schon die Erde und geriet in eine tiefe Spalte.

Jetzt mußte versucht werden, das Flugzeug wenigstens unbeschädigt zu landen; zum Aufsteigen war es jedenfalls zu spät.

Es kam also so, wie Anton es vorausgesagt hatte.

Wir stürzten ab. Nämlich in eine tiefe Erdspalte.

Herbert fluchte: „Verdammter Mist!" – denn seine Ehre als bester Pilot war durch diesen Absturz untergegangen.

Die harte Landung brachte uns blaue Flecken ein.

Vorwürfe machten wir uns erst gar nicht. Wir fanden sogar die gute Laune wieder, als wir sahen, daß eine Wand der Erdspalte bekletterbar war.

Noch blieben wir aber unten, um das Gebiet zu erforschen. Es war ja auch ein „weißer Fleck".

Aber wir fanden nichts außer Steinen, für die wir keine Verwendung hatten.

Vor unserem endgültigen Weggang und Aufstieg rieben wir uns alle schmerzenden Stellen mit Ösol, einem bewährten Mittel, ein.

Dabei merkte Herbert Rasch an: „Nun sind wir ausgezogen, um weiße Flecken zu erforschen, haben aber blaue gefunden."

Alfons unterdrückte ein Lachen und sagte: „Du mußt aber zugeben, daß wir die in reichlicherem Maße gefunden haben!"

Das nun einsetzende, herzhafte Lachen ließ uns die verlorene Erforschung, die unvollendete Entdeckung vergessen.

Plötzlich standen wir wie versteinert da.

Auf uns zu kam ein Tier, das wie ein Mammut aussah!

„Ich glaube, wir sind in Plutonien", flüsterte ich Herbert zu.

„Was ist das, Krutonien?" gab er zurück.

„Plutonien! In der Erde soll eine andere Welt sein, in der sich alles Urzeitliche erhalten haben soll, das ist Plutonien! Es ist aber wissenschaftlich erwiesen, daß es Plutonien nicht gibt." belehrte ich Herbert.

„Nun glaube ich auch, wir sind in Plutonien!" sagte dieser.

Jetzt bemerkten wir, daß das Mammut eine gewaltige Hitze ausstrahlte. Da ergriff uns, die wir sonst so mutig waren, die Furcht, und wir rannten was wir konnten und was unsere Beine hergaben.

Aber das Mammut kümmerte sich nicht um uns. Es ging nur um das Raketenflugzeug herum.

Jetzt bemerkte ich, daß es höher ging. (Nicht das Mammut! Ich meine damit den „Weg", der bergan führte!) Das teilte ich meinen Freunden mit.

Bald erblickten wir ganz in der Nähe eine Stadt. Wir gingen darauf zu. Es war Bleichau.

Der Weg war kein weiter. Das lag daran, weil wir im Flugzeug frühzeitig angefangen hatten zu streiten.

Als wir in Bleichau anlangten, trennten sich unsere Wege. Es war, was mich und Alfons betraf, ein kurzes Wiedersehen gewesen.

Ich fuhr mit Herbert Rasch nach Hause. Wir wohnten noch sehr lange in derselben Straße und trafen uns oft.

Aber heute noch frage ich mich, wer die Kosten für das Raketenflugzeug übernehmen wird.

Bestimmt unser Herr Liechtenstein!

Übrigens, das Mammut ist vielleicht auch vom Jupiter gefallen.

Als es durch die Erdatmosphäre fiel, fing es am Körper an zu rauchen.

Sämtliche Haare brannten aus.

Deswegen strahlte das Mammut auch radioaktiv.

Als wir schon weit vom Strandeplatz und von unserem Raketenflugzeug (mit Herbert am Steuer) entfernt waren, hörten wir eine dumpfe Explosion.

Es war das Raketenflugzeug, das durch die Hitze des Mammuts explodiert war.

Wenig später explodierte das Mammut selbst.

Anscheinend hatte es eine dickere Isolationsschicht.

## Militärisches Fragment

Als Manfred Riet den Einberufungsbefehl bekam – es war ein Sonntag – dachte er zuerst, es wäre ein Liebesbrief seiner neuen Bekannten, der blonden Susi.

Er riss den Umschlag hastig auf, ohne auf den Absender zu achten. Wie enttäuscht war er jedoch! Da stand:

„Lieber Bürger Riet!

Zwecks Ihrer Umschulung vom Zivilisten zum uniformierten Staatsverteidiger fordern wir Sie auf, sich montags in der neuen Privatkaserne ALTER LANDSER mit Personalausweis und einigen Wertscheinen zu melden. Das Üben des soldatischen Schneids vor dem Spiegel und überhaupt ist nicht gestattet!

Gezeichnet: Jauche, Gefreiter der Reserve a.D."

Manfred konnte sich nur wundern.

Seltsam war, daß der Einberufungsbefehl von einem Manne kam, der in einem derart niedrigen Rang stand.

Nun, es ist ganz natürlich, daß man, hat man erfahren, der Gang zur Armee ist unvermeidbar, ein seltsames Gefühl nicht loswerden kann. Auch Manfred wünschte in diesen Augenblicken, er wäre nicht tauglich.

Aber er war vollkommen gesund, im Sport herausragend. Er konnte, wenn man es verlangte, schnell und zielsicher nachdenken und analysieren.

Diese sehr kurzfristige Einberufung erweckte in ihm nachts einen Alptraum, den er als solchen gar nicht empfand. Er fühlte sich in diesen Traum so stark hineinversetzt, daß ihm am anderen Morgen gar nicht auffiel, daß er erwacht war. Er hatte Folgendes geträumt:

Er war schon in einem Kasernenzimmer, das er, zusammen mit fünf anderen Soldaten, belegte. In dieser Kaserne wurde sehr viel Sinn auf Genauigkeit gelegt... Es ging alles gut – bis zu einem Morgen. Manfred war der oberste Knopf der Uniformjacke abgegangen. Um dieser Not ein Ende zu bereiten, drehte er einen Hosenknopf, ziemlich weit unten gelegen, ab. Den nähte er an Stelle des verlorenen Knopfes an. Dann ging es zum Appell hinunter. Zwanzig Mann schritten an der versammelten Soldatenschaft vorbei und untersuchten peinlich genau die Uniform und das übrige Aussehen der Soldaten. Manfreds Knopfwechsel und das Fehlen eines Knopfes wurden sofort bemerkt. Er sollte sich rechtfertigen.

Manfred Riet sagte: „Herr Leutnant, dürfte ich Sie um einen Ihrer Hosenknöpfe bitten? Ich möchte das fehlende Stück ergänzen!"

Aus Angst vor der höchstwahrscheinlich jetzt beginnenden Strafverordnung erwachte er.

Das Gesicht des Leutnants, wütend und verblüfft zugleich, verfolgte ihn noch lange.

Manfred hatte sich in sein Schicksal gefunden.

Nachmittags machte er sich auf den Weg.

Als er ankam, es war spätabends, klopfte er zaghaft an den etwa hüfthohen Stacheldrahtzaun, der bedrohlich die Kaserne umgrenzte.

Ein älterer Mann kam humpelnd aus dem Wachhäuschen gestürzt.

„Halt, wer da! Ich schieße..." schrie er, indem er nach einer verrosteten und gebogenen Maschinenpistole griff. Er stand dabei auf dem linken Bein, das sein gesundes zu sein schien.

„Eingezogener Manfred Riet!" entgegnete, unwillkürlich lächelnd, der Bedrängte.

„Ach so! Na, Sie wissen ja: man kann schließlich nie wissen. Ein Feind könnte sich anschleichen, obwohl wir ja genügend abgesichert sind."

„Ja, das stimmt..."

„Ich kann dich doch duzen? Warte, ich führe dich zum Kommandanten." Sie schritten einen gepflegten, jedoch mit Patronenhülsen eigenartigen Kalibers bestreuten Kasernenweg entlang.

Unweit des Weges waren seltsame Maschinen und Geräte aufgestellt. Baracken, vielleicht als Schießstände gedacht, vervollständigten das illustre Landschaftsbild.

Kaum waren sie angelangt, wurden sie, besonders Manfred Riet, freudig von einem in mittlerem Alter stehenden Herrn empfangen, dessen hervorstechendstes Merkmal eine runde Nase in dem ansonsten eckigen, ausdrucksvoll energischen Gesicht war.

„Wie froh bin ich, Sie hier zu sehen. Sie sind der zweite Mensch, der meinen jahrelangen Aufforderungen und Bitten gefolgt ist. Den anderen sehen Sie dort – neben Ihnen versucht er zu stehen...

Sicher dürfte es Sie auch interessieren, weshalb ich nur Gefreiter bin. Meine ständigen Neuerungen, die ich in meiner Dienstzeit machte, gefielen meinen Vorgesetzten nicht. Sie waren neidisch. Deshalb blieb ich Gefreiter der Reserve, was schon eine hohe Auszeichnung für mich bedeutete, wie ein General es einmal ausgesprochen hatte...

Fangen wir nunmehr mit der Ausbildung an." fuhr er nach einer Pause fort. „Legen Sie doch ab! Hier haben Sie eine Uniform, die Sie zwar nicht unbedingt brauchen, aber der Form halber."

Er reichte Manfred einen Stoff, einer Uniform nur in dem Format ähnelnd. Die Farbart war nicht zu definieren – ja, es war eigentlich ein ausgebleichter Stoff. Vor wie vielen Jahren er gefärbt wurde, war zwar nicht zu erkennen, aber doch zu ahnen.

Manfred zog die Uniform an und spürte, wie ihm Mottenpulver den Rücken hinunter rieselte.

Heroisch ertrug er diese Qual und wandte sich an seinen Befehlshaber:

„Was verlangen Sie, Genosse Kommandant?"

„Können Sie zielen?"

„Ich habe es noch nie versucht, werde es deshalb wohl nicht beherrschen."

„Dann nehmen Sie dieses Gewehr, legen Sie an. Treffen Sie den Mittelpunkt der Scheibe!"

„Aber ich kann doch nicht zielen..."

„Sehen Sie genau auf das Zentrum der Scheibe!"

Das tat Manfred. Der Schuß ging los.

„Bravo! Genau getroffen!"

Verdutzt sah Manfred das Ziel an. Tatsächlich!

In der Mitte saß die Kugel.

„Sie brauchen sich gar nicht zu wundern. Dieses Gewehr zielt faktisch allein.

Der Mensch, der es bedient, braucht es nur festzuhalten – seine Aufgabe ist es, genau auf das Ziel zu sehen. Ist das Zentrum von den Augen erfaßt, geht der Schuß los und trifft genau!"

Manfred sah den Gefreiten der Reserve a.D. immer noch entgeistert an. Dieser sprach:

„Nicht das Äußere meiner Einrichtung ist entscheidend.

Sie haben gesehen und selbst erlebt, daß ich moderne Waffen, vielleicht die modernsten, besitze...

Bestimmt haben Sie über den Stacheldrahtzaun gelächelt. Das ist etwas verfrüht geschehen. Diesen Zaun kann ich zu jeder beliebigen Zeit zu einem unüberwindbaren Hindernis machen. Die Luft über dem Zaun, natürlich auch der Zaun selbst, wird elektrisch aufgeladen, wenn ich es will. Dabei treten maximale Stromstärken auf.

Das soll nur als Beispiel dienen... In jahrelanger Arbeit und ständigem Überlegen habe ich diese Angriffsverteidigung aufgebaut.

Der Mensch wird bei mir nur als geringer Prozentsatz, als Subjekt und Mittel zum Zweck mitwirken.

Die von mir entwickelten Geräte führen den Kampf, ungestört durch seelische und körperliche Schwankungen, berechnend und immer siegreich."

Manfred Riet lief es kalt über den Rücken.

*Zu Gast in Wolgast. Ein Urlaubsbericht.*

Als Urlaubsziel in diesem Jahr wählte ich Wolgast – an den Fluten der Peene gelegen.

Ich faßte diesen Entschluss, weil ich mir diesen Ort sehr gastlich vorstellte. Was auf die zweite Silbe des Stadtnamens zurückzuführen ist. Ich hatte aber nicht an die erste gedacht – daß ich noch mit manchem hier in die Wolle geraten sollte.

Zuerst mit mir. Denn ich vergaß, einen Stadtplan zu besorgen. So verwendete ich einige Tage daran, die Wolgaster Straßen und Gassen zu durcheilen und Planskizzen anzufertigen.

Aber ich will konkret werden.

Anstelle eines Bekannten erwartete mich in Wolgast eine Schnapszahl: 222. Die Postleitzahl. Später zählte ich die (geöffneten) Kneipen, und stellte fest: es waren elf. Der Anständigkeit halber stattete ich jeder einen Besuch ab – dabei füllte ich mich an und einen Tag aus. Ich wollte nicht noch die Straßen zählen, womöglich wäre das wieder eine Schnapszahl geworden.

Daß die Wolgaster Kontraste lieben, sah ich auf verschiedene Weise. Nicht nur, daß es in dem einen Bäckerladen Brötchen von heute gab, während in dem in der Nebenstraße noch die gestrigen geläufig waren. Einen besonderen Kontrast bildeten zwei Plakate, die selbstvergessen an der Litfaßsäule hingen: das eine wies auf den Motocross des Jahres 57 hin, das benachbarte auf den des 64er Jahrgangs.

Bei einem Ausflug auf die Insel Usedom entdeckte ich Erdölbohrtürme, die vereinzelt dastanden. Ein Ortskundiger verriet mir augenzwinkernd, daß hier mal jemand einen vollen Ölkanister vergraben hätte und dieser nun gesucht würde.

Am selben Tag ging ich ins Wolgaster Heimatmuseum, volkstümlich „Kaffeemühle" genannt.

Vom Museumsleiter erfuhr ich, daß sich hierher selten einmal ein Wolgaster verirrt. Ich suchte nach einem Grund dafür, und fand – daß sich jeder Wolgaster selbst eine Chronik seiner Stadt angefertigt haben müsse.

Nachdem ich solcherart durch die Mühle gedreht war, besuchte ich ein Gebäude, das auf Ansichtspostkarten kaum erscheint – das Krankenhaus. Ein Blick auf die Liste, die im Gebäude aushing, sagte mir, daß auf der Männerstation von den 36 Krankenbetten 37 belegt seien. Ich stellte mir den armen Mann vor, der durch Schuld eines Schreibfehlers auf der Diele lag, und verließ das Krankenhaus. (Ich will nicht verschweigen, daß ich einmal die Poliklinik alarmierte, um ihre Zuverlässigkeit zu testen. Ich redete am Telefon schnell etwas von meiner Großmutter, hatte eine Adresse angegeben, zu der ich nun ging. Nach siebzehn Minuten langte dort der Rettungswagen an. Ich mischte mich unter die Schaulustigen und wunderte mich mit ihnen, daß nach kurzer Zeit der Wagen wieder abfuhr, ohne jemanden mitgenommen zu haben.)

Es war ein heißer Tag. Um mich abzukühlen, wollte ich nicht den langen Weg zum „Dreilindengrund", dem Sonnenstrand von Wolgast antreten. Ich sprang kurz ins Hafenbecken. Als ich wieder an Land kam, konstatierte ich: meine Sachen sind weg. Ich sah höher hinauf und bemerkte sie – in der rechten Hand eines Wasserschutzpolizisten.

In der Linken hielt er eine Quittung. Mit freundlichem Lächeln nahm er fünf Mark von mir entgegen und fragte mich, ob ich denn noch nichts von der Wolgaster Schwimmhalle gehört hätte.

Das schien hier ein geläufiger Witz zu sein; ich war informiert: alle zwei Jahre hatte im Perspektivplan gestanden, in zwei Jahren sei die Schwimmhalle fertig – das ging immer so weiter. Nur mit der Schwimmhalle wurde es nie etwas.

„Auf Wiedersehen", verabschiedete sich der Ordnungshüter. Das verneinte ich energisch.

Aber die Lawine war ins Rollen geraten. Das merkte ich am nächsten Tag. Ich hatte mich schon morgens auf den Weg gemacht. Hin zur ehemaligen Ziegelei, der jetzigen Geflügelfarm.

Hier sollte ich erwähnen, daß mein Hobby das Klettern ist. Aber außer dem Ziesaberg, den ich am Vortag bezwungen hatte, waren keine wesentlichen Anhöhen vorhanden. Zur Abwechslung wollte ich – die Kirche war geschlossen – auf einen Turm steigen. Und bei der „Ziegelei" befand sich ein sogenannter Wetterturm... Ich war heran. Da stand er.

Ein zwanzig Meter hohes Balkengerüst. Selbstverständlich ohne Sprossen – die Ersteigung hätte sonst keinen Spaß gemacht!

Ein herumliegendes Schild übersah ich geflissentlich, und ich machte mich an den Aufstieg.

Oben angekommen, hatte ich zur einen Seite die herrliche Aussicht auf das muntere Treiben in der Geflügelfarm, und zur anderen – auf zwei Polizisten, die sehnsüchtig nach oben starrten. Ich kam ihrem Verlangen nach, und bald hatten mich zwei Paar Hände ergriffen und sanft auf den Boden der Tatsachen zurückgebracht.

Die Zeremonie des Geldwechsels konnte diesmal nicht stattfinden. Ich hatte mein Portemonnaie vergessen, bezahlte mit einem Scheck.

Verständlich war, daß ich mich nun irgendwie abreagieren mußte.

Ich begab mich ans andere Ende der Stadt. Dort war ein Sportplatz. Die Bezirksliga-Elf der Kreisstadt – schon seit Jahren versucht sie den Aufstieg in die DDR-Liga – hatte heute spielfrei und der Platz war für alle „offen".

Ich drehte zwanzig Runden und wollte mich gerade entfernen, als am Stadiontor mehrere LKW hielten, die Fahrer aus den Wagen sprangen – etwas weichbeinig – und sogleich begannen, auf der Aschenbahn umher zu laufen. Was sehr lustig aussah, da alle durcheinander torkelten.

Ich kam mit einem Fahrer ins Gespräch.

Er meinte, er sei Fernfahrer und hätte, genau wie seine Kollegen, etliche Stunden im Laster gesessen.

Hier, auf dem Sportplatz, den sie nach jeder ausgedehnten Fahrt besuchten, würden sie das Gehen und Laufen wieder erlernen.

Durch meine polizeilichen Abschweifungen bedingt, hatte ich nicht mehr viel Geld übrig.

Ich ging zu Sparmaßnahmen über, und trank bis zum letzten Urlaubstag nur noch Buttermilch. Dabei machte ich eine Entdeckung: am Buttermilchstand war stets eine Menschenschlange vorhanden. Wie sich herausstellte:

nur Urlauber. Ich frage mich, ob die auf die gleiche Weise wie ich um ihr Geld gekommen waren.

Eines Tages kam ich mit einem Stadtbewohner ins Reden. Das war ein begeisterter Schlittschuhläufer. Als wir über sein Hobby sprachen, sagte er: „Das ist ein Mist! Ich muß jetzt jeden Winter auf die Spritzeisbahn." – „Weshalb?" fragte ich. „Muß man denn zum Schlittschuhlaufen auf der Peene anstehen?" – „Sie haben Humor!" entgegnete er. „Nicht, daß ich gegen das Moderne wäre. Aber wenn das Kernkraftwerk Nord eröffnet wird, steigt die Wassertemperatur der Peene – und der Fluß friert nicht mehr zu!"

Mit dieser Begebenheit möchte ich meinen Urlaubsbericht schließen. Ich empfehle jedem Besucher der Stadt Wolgast, die von mir erwähnten Örtlichkeiten zu besichtigen.

Aber vergessen Sie den Stadtplan nicht!

*Tagebuch (handgeführt) – 6.1.2000*

Das neue Jahrtausend ist noch nicht angebrochen. Es beginnt bekanntlich erst im nächsten Jahr. Trotzdem wurden auf der Erde und auch auf den kosmischen Stationen des Mondes und des Mars „6 tolle Tage" gefeiert. Heute ist Sportfest. Ich bin zwar „schon" 46, aber ich werde mal teilnehmen, hatte ich mir heute morgen gesagt. Wo das Sportfest stattfindet? In der Sportstadt – jetzt, im Winter, mit einer großen Höhensonne ausgestattet – „Intersport" genannt.

Ich benutze eine veraltete Maschine – die TU 144 – um dort hinzugelangen. Ich schreibe „veraltet" – aber vor mehr als 30 Jahren war dieser Jet-Liner eine Sensation. Aber der Begriff Sensation ist eben relativ – jetzt werden Flugzeuge mit 15 Mach gebaut...

So, da bin ich angekommen. Die Wettkämpfe haben schon begonnen – schade, ich kann mich nicht mehr in die Teilnehmerliste eintragen. Was macht das schon – hier ist jeden Tag etwas los, ich bleibe eben bis morgen! Dort hinten wird gerade der 100-Meter-Lauf der Damen gestartet. Die Sprinterinnen wirbeln über die Bahn – die erste zerreißt das Zielband nach 10,7 sec. Die 11 Sekunden-Schallmauer wurde schon vor drei Jahrzehnten durchbrochen.

In der Gegenkurve ist der Stabhochsprung der Frauen im Gange. Auch diese Disziplin, die den Männern vorbehalten schien, haben die Frauen erobert. Die Latte liegt gerade auf 5,20 Meter.

Synchron mit diesen Wettkämpfen läuft der kosmische Dreikampf, der diesmal auf dem Mond durchgeführt wird.

Aber ich will nicht zu viel berichten. Das alles kann in der heutigen Fernsehzeitung nachgelesen werden...

Mensch, habe ich einen Hunger bekommen! Nichts wie ins Sportlerheim! Und während ich mein Schnitzel kaue – im Jahr 2000 gibt es nicht nur Algenfrühstück – muß ich plötzlich an eine Veranstaltung denken, die heute in den frühen Abendstunden stattfindet. Da wird man bis weit nach Mitternacht diskutieren, diskutieren müssen, denn es handelt sich um den Treff „Wir träumen uns ins Jahr 2000". Der wurde in den Sechzigern gestartet. Ich bin leider nicht unter den Teilnehmern – mir fiel damals erst zu spät was ein... Naja, die Fantasie der Schreiber ist etwas hinter den Tatsachen zurückgeblieben.

Ich las da eine alte Zeitung aus dem Jahr 19... Da war auch von der Berufsfrage die Rede. Heutzutage können alle jungen Menschen 5 bis 6 Berufe gleichzeitig erlernen – die Technologie des programmierten Unterrichts, besonders die Suggestopädie, ist verbessert worden – ja, sie müssen es. Denn sie haben das Zeug dazu. Niemand braucht sich zu plagen – der leidige Konkurrenzkampf ist längst auf dem ideologischen Müllabladeplatz verkommen. (Hier möchte ich einflechten, daß es jetzt gar keine Müllplätze mehr gibt – sämtliche nicht verwertbaren Materialien, Konserven usw. sind mit Spezialflüssigkeiten behandelt worden, die das Material nach dem Verbrauch zerfallen lassen.)

Wen es interessiert, welche Berufe ich habe, der kann in der zentralen Kartei nachsehen.

Es klingt komisch – aber Büros gibt es auch jetzt noch!

Ich schrieb, die Schreiber zeigten damals nicht viel Fantasie. Aber wie würde es den heutigen Menschen ergehen, die vom Jahr 3000 träumen, fänden sie sich in diese Zeit versetzt?! Auch die Erwartungen sind also relativ....

Da fällt mir ein: Ralf, mein Jüngster, sagte gestern zu mir: „Du, ich hab Bellamys *Rückblick aus dem Jahr 2000* gelesen. Ich meine, es müßte heißen: *Rückblick aus dem Jahr 1964.*"

Was hab ich für heute noch vor? Ich muß mein neues Schauspiel noch mal überarbeiten.

Die Arbeit eines Schriftstellers ist jetzt nicht leichter als vor ein paar Dutzend Jahren.

*In das Schwarze Buch gelangten auch Abschriften von Schulaufsätzen (zu Themen wie **Wer andern eine Grube gräbt**).*
*Hier sind zwei davon.*

*Katze und Maus*

Die Katze Mumjera  lag gerade unter einer Palme, deren Blätter sich kühlend über der Katze ausbreiteten.
Denn es war ein heißer Tag, wohl 35° im Schatten und die Quecksilbersäule wollte sich immer noch nicht ausruhen. Unermüdlich stieg sie aufwärts. Jetzt lief ein Mäuschen vor Mumjera davon. Es hatte sich zu weit vom Mauseloch entfernt. Als es die Katze bemerkte, war es ihr Glück, daß die Katze Mumjera sie, das kleine Mäuschen, das sichtlich von dem Mäusejäger Mumjera gefangen und verzehrt worden wäre, wenn das Mäuschen sich nicht allein zu helfen wüßte, nicht bemerkt hatte.
Es waren aber auch alle gegen das arme Mäusevolk: die Menschen stellten Fallen auf und die Tiere fraßen sie (nicht die Fallen, sondern die Mäuse!).
*Die Katze ist bekanntlich ein großer Läufer*, fuhr es der Maus ins Gehirn. Doch als sich das Mäuschen leise wegschlich, damit die Katze nicht aufwache, wachte Mumjera auf, weil sich eine Wespe ihr in den Nacken gesetzt und sie, Mumjera, gestochen hatte, und sah sofort das ängstliche Mäuschen. Sie raste hinterher und machte dabei ihrem Läuferruhm alle Ehre. Doch das Mäuschen, in seiner Todesangst, war ein wenig schneller. Mit Müh und Not entrann es Mumjeras Krallen und verschwand im Mauseloch. Wehklagend berichtete das Mäuschen sein Erlebnis der Familie, in der sie der kleinste Bürger war. „Ich hab dir ja gleich gesagt: entferne dich nicht zuweit von Zuhause! Aber du hörst ja niemals!" sprach

der Vater.

Aber kehren wir zu Mumjera zurück: ihr war, als ihr das Mäuschen entwischt war, der folgende Gedanke gekommen: *Wenn ich nun das Loch aushöhle, habe ich die ganze Mäusefamilie zu fressen. Zuerst werde ich einmal den Kopf hineinstecken, dann kratze ich mit den Krallen nach.* Und sie zwängte den Kopf in das Loch. Der wollte nicht mehr heraus. Da half auch alles Kratzen nicht. Die Mäuse hörten natürlich, wie Mumjera sich abmühte, und lachten sie aus. Dann aber wurde Vater Maus ernst und dachte: *Der Katze müssen wir es heimzahlen. Sie hat schon Dutzende von Mäusen ermordet. Und außerdem wurde fast mein einziges Töchterlein von ihr getötet!*

Laut sagte er: „Emma, du hast doch noch Feuer im Kamin!? Hol's mal her!" Mit dem Feuer ging er zur Katze, die sich gerne gewehrt hätte und es doch nicht konnte, und steckte in ihre Augen Feuer. Da nahm die Katze alle Kraft zusammen und steckte ihre Vorderpfoten auch noch in das Loch. Mit denen kratzte sie sich das Feuer aus den Augen. Ein wenig, das gerade zum Phosphoreszieren reichte, blieb dennoch in den Augen haften. Seitdem leuchten die Augen aller Kater und Katzen im Dunkeln.

Nun nahm Mumjera die allerletzte Kraft, die in ihem Körper weilte, zusammen und stieß sich mit den Hinterbeinen so kraftvoll von der Erde ab, daß sie aus dem Loch heraus durch die Erdatmosphäre in den Weltraum flog. Mumjera gilt seitdem als verschollen.

Am Tage nach diesem Vorfall wurde ein großes Fest veranstaltet. In der Aussprache hob man besonders den Mut der Mäusefamilie hervor. So ist diese Geschichte doch noch glücklich ausgegangen.

*Gerhard Gerber*

ging mit dem Gefühl nach Hause, heute etwas vergessen zu haben. Plötzlich stockte er. Vor ihm lief eine schwarze Katze über die enge Straße. „Ach Gott, auch das noch; das gibt noch ein Unglück!" sprach er vor sich hin. Die Katze hatte inzwischen die Straße überquert und war über einen hohen Zaun geklettert. Gerhard Gerber lief, nein er rannte fast, die menschenleere Straße entlang. Dann bog er in eine Seitengasse ein, wo er wahrscheinlich wohnte. Gerber ging in das Haus Nr. 7, was man aus dem verwitterten Türschild ersehen konnte. Seltsamerweise war seine Wohnungstür verschloßen. Er mußte erst beim Hauswirt anklopfen, da keine Klingel vorhanden war. Dieser war sehr verärgert, weil ihn Gerhard Gerber zu so später Stunde weckte. Aber schließlich gab er ihm doch den Wohnungsschlüssel, den Herr Gerber ihm vor seinem Weggehen hinterlassen hatte. Gerhard Gerber dankte, schloß seine Wohnung auf, betrat sie und stolperte sogleich über irgendetwas. Er tastete sich zum Lichtschalter, wobei seine Hand an eine scharfe Kante stieß. Dann durchströmte die Wohnung elektrisches Licht und es herrschte die gleiche Unordnung, wie vor dem Weggang des Zimmerherrn. Er wollte schon aufräumen, doch sah er zuerst ins Fernsehprogramm. Es wurde der Krimi „Alibi für kurze Zeit" gezeigt. Aber Herr Gerber hatte schon eine Stunde des Films verpasst. Die letzten 25 Minuten wollte er sich nicht entgehen lassen. Deshalb schaltete er den neuerworbenen Fernsehapparat an. Das Geld zu diesem Gerät hatte er sich langsam, aber stetig erspart.

Da kamen der Ton und kurze Zeit später auch das Bild des Fernsehers.

Die Handlung des Films erreichte ihren Höhepunkt. Man suchte die Verbrecher, konnte sie aber nicht finden, bis die Kriminalisten auf ein Indiz stießen, das zur Festnahme der Täter führte. Gerhard schaltete den Fernseher aus, der Kriminalfilm oder zumindest sein Ende, hatte ihn enttäuscht. Er war ein Abenteurer, er wollte es sein. Schon als Kind von 12 Jahren war er seinen Eltern durchgebrannt und versuchte, indem er sich in einem Güterzug verbarg, über die nahe Grenze zu gelangen. Jedoch wurde er dabei gefaßt. Wodurch er sich verdächtig gemacht hatte, wußte er bis heute nicht. Gerhard Gerber pfiff, als er darüber nachdachte, einen neuen erfolgreichen Schlager. Doch bald hörte er auf zu pfeifen. Gerhard Gerber warf sich auf das Sofa.

 Lang ausgestreckt, die Arme unter dem Kopf verschränkt, sah er an die Zimmerdecke und durchlebte noch einmal die Geschehnisse der letzten beiden Tage. Am Donnerstag war er wie immer um 14 Uhr von der Arbeit gekommen. Als er an einem Konsum vorbeiging, hörte und sah er, wie sich zwei Männer an der Ecke leise unterhielten. Da er neugierig war, versteckte er sich unweit von den beiden Sprechenden und konnte noch hören: „Also ich erläutere noch einmal den Plan, Kalle. Morgen um 19.30 Uhr geht diese Frau an der Ecke Friedrichstraße – Sandbergstraße vorbei. Ja, ja ich weiß das ganz genau! Sie geht die Friedrichstraße entlang. Wenn sie um die Ecke biegt, stürzen wir uns auf sie."

Es folgte eine genauere Beschreibung der Tat, woraus Gerhard Gerber entnahm, daß diese beiden dort Strauchdiebe waren.

Es mußte eine wohlhabende Dame sein, wenn es sich lohnte, diese zu überfallen. Gerhard Gerber dachte: *Das kann ein neues Abenteuer werden!* Da er jetzt wußte, wo diese Frau wohnte, ging er sofort dorthin. Unterwegs fiel ihm ein, daß er über eine derartige Begebenheit schon einmal gelesen hatte.

Wie der Held dieser Geschichte, wollte auch er handeln. Der Frau erläuterte er, was man mit ihr vorhatte und tischte ihr seinen Plan auf, worauf die Dame kurz in Ohnmacht fiel. Als sie aufwachte, besann sie sich und gab dem Gerhard Gerber einige ihrer Sachen, die dieser für sein Vorhaben brauchte. Als er die Sachen nach Hause geschafft hatte, ging er sofort in ein Fachbuchgeschäft, um ein Buch über das Erlernen des Boxens zu kaufen. Zufällig gab es das. Zu Hause übte Gerhard Gerber vor dem Spiegel das Boxen.

Als er glaubte, dessen Anfangsgründe zu beherrschen, ging er frühzeitig schlafen.

Würde ihn am nächsten Tag jemand beobachtet haben, so hätte der gar nicht so schnell hinterher stiefeln können, wie Gerhard Gerber von seinem Arbeitsplatz zur Wohnung ging.

Als Gerhard das Essen hinuntergestürzt hatte, trainierte er wieder.

Endlich oder schon war es 19 Uhr. Schnell zog er sich die Frauenkleider über und ging zur Friedrichstraße. Dort hielt er an und wartete noch, bis die Kirchturmuhr, wie zum Einklang der sich dann abspielenden Ereignisse, halb schlug. Gerhard Gerber ging, als eine Frau verkleidet, um die Ecke. Die beiden Diebe, die sich dort versammelt hatten, kamen auf ihn zu. Erst jetzt wurde ihm so richtig klar, daß er gegen zwei kämpfen mußte;

denn zum Kampf würde es kommen.

Aber er vertraute seinem Schicksal.

Seine Gegner waren herangekommen. Der eine gab ein Zeichen, worauf sie sich beide auf die vermeintliche Frau stürzten. Aber wie erstaunt waren sie, als sie harte und sehnige Fäuste spürten. Gerhard teilte gute Schläge aus. Den einen hatte er niedergeschlagen, aber die Gefahr kam von hinten. Der Andere hatte sich nämlich an Gerhard Gerber herangeschlichen und wollte ihm nun den entscheidenden Hieb versetzen. Aber, als ob er es geahnt hätte, mit dem Instinkt eines Naturmenschen drehte sich Gerhard Gerber schnell um.

Ebenso schnell holte er zum Schlag aus und bückte sich blitzartig, denn die Rechte des Gegners zischte durch die Luft und fuhr über Gerbers Kopf hinweg.

Diese Chance nutzte Gerhard aus. Er schlug dem anderen mit voller Wucht in den Magen. Der blieb, ebenso wie der andere, sich krümmend, liegen.

Gerhard Gerbers private Boxschule hatte also zum Erfolg geführt. Dabei fühlte er sich aber in seiner Haut auch nicht wohl.

Er verließ schnell diesen unrühmlichen Ort.

### Ich notierte in das Schwarze Buch auch einige „Splitter":

*Bremdan Cylphius* hatte den Auftrag erhalten, einem Freunde seines Herren mitzuteilen, daß der ihn einladen würde. Bremdan sollte fragen, ob er diesem Folge leisten würde. Als Bremdan schon 3 Meilen vom herrschaftlichen Hause entfernt war, bemerkte er in der Luft ein schwanenartiges Luftfahrzeug. Es bewegte sich in vertikaler Richtung fast genau auf ihn zu. 100 Meter vor ihm landete es. Einige Zeit, so etwa 5 oder 6 Minuten, während dieser sich Bremdan nicht zu rühren wagte, blieb alles still. Doch dann bewegte sich geräuschlos ein türähnliches, dreieckiges Gebilde und heraus traten für ihn fremde Wesen. Er erschrak, dachte er doch, es wären vom Himmel herabgestiegene Götter. Er wollte sich schon auf den Boden werfen, um den vermeintlichen Göttern die Ehre zu erweisen.
Doch da sah er, wie ihm eines der ihm unbekannten Wesen mit einer Hand, an der sich nur 4 Finger befanden, zuwinkte und etwas rief, was Bremdan natürlich nicht verstand...

*Etwa vor einem halben Jahr* beobachtete eine Familie einen sich abwärts bewegenden Punkt am Firmament. Kurze Zeit später hörten sie eine Detonation. Sie nahmen an, daß ein Flugzeug abgestürzt war.
Und weil ihnen außerdem nicht alles geheuer erschien, gingen sie auf schleunigstem Wege in das nächste Polizeiamt und erstatteten dort

Bericht über das seltsame Vorkommnis.

Nachdem wir, denn ich gehörte damals auch zur Polizei, den genauen Standort des Luftfahrzeuges bestimmt hatten, machte sich sofort eine Gruppe, in der auch ich mich befand, auf den Weg. Nach einer Stunde Fahrt kamen wir bei dem vermeintlichen Flugzeug an. Es hatte sich tief in die Erde gebohrt, aber es ragte noch ein riesiger Teil in die Luft. Langsam, denn Vorsicht mußte sein, gingen wir an das Luftgefährt heran. Kurz davor hielten wir. Nach einer kurzen Schweigepause befahl der Oberst, daß wir hineingehen sollten. Solch ein Flugzeugtyp war unserer ganzen Gruppe unbekannt. Selbst Michal, unser Fachmann in solchen Dingen, wußte keinen Rat. Wir gingen durch die Tür. Zuerst war da ein kleines Abteil. Daraus führten drei Türen vermutlich in andere Räume. Wir waren neun. Je drei von uns nahmen sich eine Tür vor. Ich als der Ranghöchste unseres Grüppchens ging voran. Wir gingen durch viele Räume, in denen sich aber nichts befand. Dann betrat ich einen kleinen, unscheinbaren Raum. An das, was dann folgte, kann ich mich nur schwer erinnern. Ich hatte kaum die Schwelle überschritten, da erfaßte mich etwas wie ein Luftwirbel und hob mich davon. Ich konnte nichts mehr sehen. Ich drehte mich rasend schnell um meine Achse. Dann war mir, als ob ich aus ungeheurer Höhe herabstürzte. Ich fiel und fiel. Um mich herum war es immer noch dunkel. Dann hörte das Fallen ruckartig auf. Es wurde wieder hell. Meine zwei Kameraden kamen laufend auf mich zu. Als ich mich ein wenig erholt hatte, fingen sie an zu erzählen, sich gegenseitig unterbrechend.

Aus alledem konnte ich folgendes entnehmen: Ich hatte, als ich durch die

Tür trat, etwa zwei Meter Vorsprung vor den Anderen.
Kurz hinter der Schwelle begann ich emporzusteigen und fast durchsichtig zu werden. Ich löste mich auf. Dann war ich wieder undurchsichtig. Die Beiden konnten gar nicht so schnell beiseite springen, wie ich rotierend durch die Tür raste. Plötzlich schwebte ich ganz langsam zu Boden bis zum Aufkommen.
Diese Ereignisse hatten für mich keine Folgen.
In dieser Sache konnte nichts weiter aufgeklärt werden.


*Ein Bild.* Darauf eine Rakete. Zwei Kugeln, abgeplattet. Ein Sputnik.
Man sieht das Bild, denkt darüber nach und stellt sich vor...
In einer langen Kosmosreise, im Innern des Raumschiffes Wega, durchmißt man die Weiten des Alls. Dann sind zwei Planeten zu sehen. Beide ähneln der Erde. Wir senden Sputniks nach einem aus, die die Beschaffenheit der Atmosphäre erkunden sollen. Beide Planeten sind bewohnt. Auf dem von den Sputniks erkundeten Planeten kann man nicht landen. Wir würden umkommen, die Besatzung und ich. Unsere Raumanzüge sind vernichtet. Auf dem anderen Planeten läßt es sich schon bedeutend besser atmen. Wir landen. Was ist das? Sind das Menschen, Erdenmenschen? Nein! Sie haben eine grüne Haut. Halten uns diese Wesen für Götter? Ich glaube nicht, so sehen sie mir nicht aus. Wir werden überraschend gut aufgenommen. An grünen Tischen, die sehr lang sind

und aus dem Erdboden ausgefahren werden, bietet man uns Früchte an, die nach nichts schmecken, aber Hunger und Durst vorzüglich stillen...

*Versuch teilweise erfolgreich durchgeführt.* Ein bißchen, nein sogar sehr unsaubere Arbeit. Protokoll: Das Sekret „Babylon" ist wasserabgedichtet durch den Enziphator-Möbiusring geleitet worden.
Die behandelten Tiere zeigten keinerlei Wirkung.
Nur bei einem Hecht wurde die Bauchflosse durchlässig, so daß man durch sie hindurchgreifen konnte. Allerdings hielt diese Durchlässigkeit nur zwei Stunden an. Danach starb der Fisch. Wohl durch die unkonzentrierte Nahrungsaufnahme, die er vorher genossen hatte. Wirkt sich nun Durchlässigkeit schädigend aus? Das ist jetzt die Frage. Anhand neuer Forschungen werden wir, die von DVAR, das ergründen...

*Auf eigenartige Weise* kam Polizei auf unseren Hof. Ich glaube, sie suchten oder erwarteten jemand. Es war spät abends. Man hörte seltsame Geräusche im leerstehenden Nachbarhaus. Und wer hinsah, bemerkte seltsame Gebilde am Dach. Uns überkam Angst. Ich ging ins Haus. Im Wohnzimmer saß der Vater und las Zeitung. Ich ging ins Schlafzimmer, von einem ungeheuren Grauen gepackt.

Ich knipste Licht an und erschauderte: Ich sah in meinem Bett die Umrisse eines Menschen. Er hatte sich zwar gut getarnt, doch man sah ihn. Ich lief aus dem Zimmer hinaus, wollte die Polizei alarmieren. Aber niemand hörte auf mich, als ich schrie: „Im Schlafzimmer liegt ein fremder Mensch!" Mehr noch, man versuchte mich wegzuschicken. Es war wie verhext. Endlich hörte man mich an und die zwei Polizisten stürzten ins Schlafzimmer, wo sie den Gesuchten entdeckten und ihn auf die Straße führten, wo es hell war. Der Ranghöchste der beiden ging zu seinem Auto und überließ dem Anderen den Fremden. Der Andere aber ließ den Fremden für eine Zeit außer Augen, weil er wußte, daß der nichts machen konnte; man hatte bei ihm keine Waffen oder Messer gefunden. Doch plötzlich hielt der Mann eine neuartige Maschinenpistole in der Hand, die er auf das Auto richtete und es innerhalb weniger Augenblicke in Staub verwandelte. Das wirkte anscheinend auf den Offizier neben dem Staubhaufen und er sagte verwirrt: „Da haben Sie sehr gut geschossen, alles recht sauber. Nur an dieser Stelle ist das Staubkorn ein bißchen zu weit vom Haufen weg!" Während der Zeit, als der Offizier sprach, schlich sich der andere Polizist an den Unbekannten heran und wollte ihn von hinten überwältigen. Doch der andere witterte die Gefahr, drehte sich um, zog ein Messer und ging langsam auf den Polizisten zu. Der hatte keinerlei Waffe, um sich zu verteidigen. Da war ich es, der sich dem Fremden von hinten heranschlich. Er ließ mich herankommen. Ich sprang ihn an. Er stand fest, schwang mich über und ich fiel auf die Erde. Dabei verlor er sein Messer, der Polizist sprang hinzu und begann mit dem Anderen einen Judokampf.

Der Fremde konnte auch Judo. Doch da kam der Offizier und klärte die Situation. Der Fremde konnte abgeführt werden...
(Keine Angst, das war nur ein Traum.)

*Hannes* und sein „Freundeskamerad" waren, als ich sie sah, voll alter, beinahe runzeliger Gesichter. Das also hatte der Goldrausch vollbracht! Einsilbig waren sie und in sich gesunken. Sie lebten, zusammen mit Hannes' Vater, weltabgeschieden im Brückenhaus. Heute war Sturm und das wildbewegte Wasser konnte man von dem Fenster genau beobachten. War der Fluß die Themse?
Man hatte mich schon vor drei Tagen eingeladen, aber da war man in anderer Stimmung als heute.
Es wollte sich kein Gespräch entwickeln. Besonders der Vater gefiel mir nicht. Er nahm einen Riemen vom Fenster, wozu eigentlich, öffnete es mit dem Riemen, anders war das nicht zu machen, und stürzte sich durch das geöffnete Fenster in die blauschwarzen Wogen des Wassers. Er konnte nicht schwimmen...

*Sie kamen näher,* liefen fast. Verfolgten sie uns? Man konnte es annehmen und wir setzten uns in Gang, hielten aber sofort wieder an, denn der Mittlere der anderen bedeutete uns, daß sie nichts Schlechtes mit uns vorhatten. Sie legten Sprenglöcher an, und, Junge waren die freigebig, schenkten uns eine Sprenggrube. Sie lag mehr oben, vom Wasser schon ein ganzes Stück entfernt.

Die Männer, die das taten, waren Goldgräber; und da es ihnen anscheinend zu viel Mühe bereitete, das goldhaltige Flußwasser auszuwaschen, sprengten sie. Wir rannten zurück, noch ehe überhaupt die Zündschnüre brannten. Doch dann knallte es gehörig. Am Uferabhang, dort lagen wir in Deckung, kam plötzlich eine kleine Steinlawine herunter. Wir besichtigten unsere Grube, die drei Meter tief war. Ich stieg, an Vorsprüngen mich festhaltend, hinein.

„Ei der Daus, Glück muß man haben", sagte ich und hob einen schweren Brocken Gold an, in der Grube wimmelte es davon, und brachte ihn ans Tageslicht. Er war staub- und sandbedeckt, glänzte deshalb überhaupt nicht und wog 4 Kilogramm...

Ich hatte damals die Geschichten, auf unserem Hof und im Sommer, einigen Klassenkameraden vorgelesen. Sie haben dazu nichts gesagt. Nur manchmal, später, sprach mich einer an: "Bist du mit deinem Roman schon fertig?"
Das hat mich immer gewurmt.

Besser, ich schreibe von jetzt an Gedichte; heute, ganz früh, notierte ich in ein neues Heft:

Die Sonne geht unter,
durch der Äste Geflecht
scheint es golden-rot.

Der Tag stirbt,
das Dunkel schwebt heran.
Im beginnenden Schleier der Nacht

erwachen die Sternenvögel.